比景泰蓝
更蓝

林清玄
作品

作家出版社

图书在版编目（CIP）数据

比景泰蓝更蓝 / 林清玄著 .—北京：作家出版社，2018.11
（林清玄经典散文）
ISBN 978-7-5212-0196-3

Ⅰ.①比… Ⅱ.①林… Ⅲ.①散文集－中国－当代 Ⅳ.① I267

中国版本图书馆 CIP 数据核字（2018）第 198107 号

本著作物经厦门墨客知识产权代理有限公司，由九歌出版社有
限公司授权作家出版社，在中国大陆出版、发行中文简体字版本。

比景泰蓝更蓝

作　　者：林清玄
责任编辑：省登宇
助理编辑：张文桢
装帧设计：粉粉猫
封面绘图：黄雷蕾
出版发行：作家出版社
社　　址：北京农展馆南里 10 号　　　邮　　编：100125
电话传真：86-10-65930756（出版发行部）
　　　　　 86-10-65004079（总编室）
　　　　　 86-10-65015116（邮购部）
E-mail:zuojia@zuojia.net.cn
http://www.haozuojia.com（作家在线）
印　　刷：河北画中画印刷科技有限公司
成品尺寸：142×210
字　　数：130 千
印　　张：5.5
版　　次：2018 年 11 月第 1 版
印　　次：2018 年 11 月第 1 次印刷
ISBN 978-7-5212-0196-3
定　　价：39.00 元（精）

目 录
CONTENTS

蓝之又蓝

——序《比景泰蓝更蓝》

1

夏天的时候，我返乡居住。由于我的故乡离作家钟理和的纪念馆不远，于是约好兄嫂带孩子一起去瞻仰钟理和纪念馆。

车子开到半路，正穿过美浓乡间秀美的田园时，突然雷声大作，一阵气势汹汹的西北雨漫天泼了下来。然后我们路过双溪，转入笠山，到了纪念馆，发现里面空无一人，虽然大门开着。

我们在馆内看了钟理和的旧作，他遗下的手稿、照片，以及铜像和陶像。我站在纪念馆二楼的阳台上，看着连绵的雨势，想象着这非常热带的林木之中，是如何诞生一个令人钦仰的作家的呢？

当我们回到一楼的入口，我看到纪念馆在出售钟理和的遗作、美浓的风景明信片，收入将作为纪念馆的基金。我对大哥说："我想买一些书和明信片送给朋友。"可是纪念馆中空无一人，我绕馆一圈，呼喝道："有人在吗？"

无人回应。

我看到大门旁边贴了一张纸条，"本馆因人手不足，只有星期六和例行假日开放，平日若要参观，请顺着馆前左侧的小路向前走一百公尺，找钟铁民。"

我指给哥哥看，他说："那我们去找钟铁民。"

"这样不好意思吧？"我担心突然的造访会惊扰到铁民先生。

哥哥表示，他和钟铁民都在美浓的中学教书，算是旧识，钟铁民又是我大姊的孩子的国文老师，因此突然来访应该不会惊扰他。哥哥还消遣我："你已经染上台北人的坏习惯了，看朋友还要先约好时间吗？"

我们沿小路前行一百公尺，一路上林木苍盛，种了许多瓜果和蔬菜，一直走到一座门口有一棵龙眼树的三合院，龙眼结实累累，我们在门口高喊：

"有人在吗？"

"铁民兄在吗？"

喊了许久。

无人回应。

我们只好沿着原来的小路走回纪念馆，听到远远地传来"吧啦不鲁"的喇叭声，原来是卖土制冰淇淋的小贩，到纪念馆卖冰淇淋。"三个球十块。"他说。

我买了几个冰淇淋给孩子吃，我自己也吃了一个。这种"吧啦不鲁"冰淇淋又软又绵，是我儿时最向往的东西，唯一不同的是三轮车换成摩托车了。

"外地来的吗？"小贩边挖冰淇淋边问，用带客家腔的话。

我们尚未搭腔，他又说："可怜哦！这是我们一个美浓的作家哩，听说是饿死病死的，写字赚食实在是太艰苦了。"

"嘿，我还听说，"那小贩语气较为神秘地说，"这个作家临死之前传下家训，子子孙孙不得以写作为业呢！"

小贩把冰淇淋卖好了，看看纪念馆里没有其他顾客，他跨上摩托车，回头对我们说："我先失礼！我卖冰，有卖就有赚，写字的，写了不一定有赚，这个你懂吗？"

哈！摩托车开走了。

"我懂！我懂！我懂！"我点头如捣蒜，孩子们都笑起来。那小贩做梦也想不到是在对一个写字的人教训。我心里想，像钟理和先生一样的悲哀，但愿此后不会再发生。

看到卖冰淇淋小贩的影子消失在槟榔林里，我觉得写作的人也没有什么不同，也是在暑热焦渴的生命中贩卖心灵的冰淇淋，只不过还没有沿街叫卖罢了。

回到台北以后，接到邱鸿翔兄的电话，谈到"台湾笔会"和"钟理和文教基金会"正在办"杨达、钟理和回顾展"，希望能再一次向杨达、钟理和等前辈作家致敬，唤起大家对文学的重视，并盼望很快在杨达奉献半生劳力的东海花园建一座"杨达纪念馆"。

这个构想很令人安慰，说明了写字的人虽然寂寞，也有很不寂寞的地方。

鸿翔兄把计划寄给我看，我对其中的几句话玩味再三，心中感慨。这几句话是："盖一座文学的纪念馆，定一个文学纪念日，为一条街道取一个文学性的名字……这样的花费并不多，但是可以让更多的台湾人浸淫于人文国度里，活得有气质、有美感。"

是呀，别让卖冰的看扁了！

2

每一个作家都有不为人知的寂寞的一面，或者在热闹的街头踽踽独行，或者在静谧的山林思潮翻腾；或者坐在小小的书桌前，写下一道一道生活的刻痕；都是要独力完成，品尝生命的苦汁和乐水。

写作既是一个寂寞的事业，为什么还要写呢？

我想，写作是来自于一种不得不然，是内在的触动和燃烧，好像一朵花要开放，那是不得不然；一只鸟要唱歌，也是不得不然；一条河流要流出山谷，也是不得不然呀！

我总是相信，在每个人的心中都有一处"清泉之乡"，有的人终其一生不能开发，因而无法畅饮甘泉，写作的人则是溯河而上，不断地去发现自己的清泉，并且翻山越岭，把那泉水担到市街与人共尝。

在寻找泉水，并挑担到市街上的过程，是非常寂寞的，可是在市井中如果遇到知音的人，也有不寂寞的时刻，就像两朵云在天空相遇，而变成一朵云了。

陌生的人为什么能相知相惜呢？为什么透过文字能超越时

空、超越阻隔呢?

那是因为在最终极之处,有一种蓝比景泰蓝更蓝,有一种香比夜来香更香,使我们深信,每一个字、每一个思想都将在人间留下影响:也使我们无所怨憎、无所退悔,去实践并完成我们对生命的识见。

文学家岂是为了纪念馆、纪念日,或是一条街道写作呢?把公园、街道、学校、纪念馆取自己的名字,是那些缺乏自信的政客的标志,哪里是文学家的追求呢?

文学家是为世间的有情心灵而写作,是为自己的生命之泉而写作,是为了触及更蓝的境界而写作。

这是为什么把这本书的书名定为《比景泰蓝更蓝》的原故。

3

此书是继《越过沧桑》之后,"无尽意系列"的第二本,有许多篇章谈到文化、教育、社会和政治。

那是因为作为一个文学家,作为一个知识分子,不能独存于世间,对于现实事务的关怀,正是使社会走向更圆满之境的手段。何况，当我们说关怀众生、解救众生的时候，如果众生处在不公平、不公义的社会中，将不能得到解救；如果众生活在没有文化、没有品质的社会，将无法得到提升与安顿。

这些年来，我写了许多现实而入世的文章，是来自一个深切的认知：人心需要觉醒、社会需要改革，两者都是非常重要的，就好像两千多年前，释迦牟尼佛讲出"众生平等"的教法，不只是在阐明佛性的平等，也是在打破封闭的阶级制度，重建社会的公平。

当我在写这些文章的时候，时而感到寂寞，如同开在深山溪谷中的百合，独自维持灵醒的白，但也有不寂寞的时候，有如群树站立在晴空丽日之下，体会到流过的微风，看见了远天的彩虹。

不论寂寞或不寂寞，让我们维持着比景泰蓝更蓝的心吧！不要失去关怀的能力，不要让爱的泉源枯竭，不要断绝了更清明的希望。

让我们湛而又湛、蓝之又蓝，即使生活在浊恶的世间，也永不失去自清与无染的立志。

林清玄

台北永吉路客寓

卷一

形与影之间

泣露千般草，

吟风一样松。

此时迷径处，

形问影何从。

——寒山

与朋友去登大屯山，秋气景明，我们沿着两旁种满箭竹的石板阶梯，缓步攀高，偶尔停下来，俯望着红尘万丈的城市，以及在山间流动着的雾气，时有不知名的鸟，如箭凌空而过，留下了清越的叫声。

我们不知道为什么就谈起了"文学死亡"的问题，大概是因为《蓝星》诗刊的停刊吧。《蓝星》是仅存的一本大型诗刊，它的停刊等于正式为诗刊画下了最后的休止符。

加上近年来出版的文学书籍普遍的滞销，使得出版文学书籍的出版社多处于半停顿的状态，有勇气出版文学书籍的出版社立即要面临库存与赔本的命运。

近几年来，似乎也没有特别引起注目的文学作品，比起从前如果有一本好的创作，那种奔走相告、洛阳纸贵的情景，仿佛是在梦中追忆了。

朋友探讨着文学没落，或者说文学濒临死亡的原因，是来自读者与市场不能支持。文学投入市场一再地遭到挫败，使出版者望而却步，不敢在文学作品上投资，作家由于得不到回应，创作上意兴阑珊，甚至一些有才情的作家转业从商，做房地产和股票。更年轻的创作者看在眼里，不敢再走文学的道路。长远下来，文学自然没落了。

"最重要的原因，还在于现代人不读书，没有市场。"朋友说。

这时，我们正好登上了大屯山的最高点。听说这是台北盆地的第二高峰了，果然视野开阔，可以看到北面的海边，整个台北，环顾四周就展现在眼前了。听说每年到冬天，我们站立的大屯山高点都会下雪，那时站在雪封的高顶，城市之繁美、灯火之亮灿就更动人心魄了。

我对朋友说，文学之没落与市场的关系是微弱的，自古以来，中国的文学并没有什么市场，文学家还不是写下无数感人的伟大作品吗？以我正在读的寒山子的诗为例，寒山子"每得一篇一句，辄题于树间石上"，一共写了六百多首诗，现存的就有三百一十二首。在树上、石头上都可以写诗，哪有什么市场问题呢？寒山子有一首诗可以表达他的创作心灵：

> 一住寒山万事休，
> 更无杂念挂心头。
> 闲于石壁题诗句，
> 任运还同不系舟。

可见一个文学家从事创作乃是基于心灵的渴望与表达，有市场时固然可以刺激作品产生，即使没有市场，也应该一样能写出好的作品。当一个文学作家必须仰赖市场而创作，表示他的创作心灵尚未到达成熟之境。

因此，读者不应该为文学的没落承担任何的责任。何况说现代人不读书也不公平，以近几年为例，台北就出现许多家卖场超过四百坪的大型书店，可见读书人口是在增加、不是在减退，当许多读书人宁可去读对心灵没有助益的东西，不愿读文学书，光是这一点就值得文学家深思了。

市场既然无绝对关系、读书人的人口又在增加，文学却奄奄一息，我对朋友说："我们写作的人应该反省。我每读报上好书周刊介绍的好书，都觉得比读唐宋时期的作品还难懂，文字艰涩、思想僵化、创作力浮夸、写作态度浅薄，名利心跃然于纸上，文学没落实在是有道理呀！"

反过来说，要使文学重活于世间，我们必须写一些文字优美、思想开阔、创作力深刻、写作态度诚恳、不为名利写作的作品，这乃是拯救文学之道，至于稿费、市场、文学家的尊重都是次要的了。

从大屯山主峰下来，夕阳已经快西下了，满山的绿草蒙着金光，洁白的菅芒草含苞饱满，等待着秋天吐蕊盛放。它永远那样盛放呀！不会因为有人看就开得更美，没人看就随便开一开。它不会先有意识形态再开，它不会结党营私，它也不会故意要开成后现代主义的样子。甚至呀甚至！它不会故意开出别人不能欣赏的样子，以证明自己的纯白。

由于夕阳的关系，大屯山的山影整个投射在马路上，我看到那影子的线条十分优美，简直可以想象那座山的伟岸，但是影子到底不是真实的山，所有对文学没落的思维、研究、检讨，都不如努力地去创作。所有的形式、主义、意识形态、同人情结都只是路上的影子，不是真正的大山。

我们的车子沿路下山，穿过台北县和台北市的界碑。我想到，文学家应该突破疆界，以更大的包容与自由来努力写作啊!

要使自己成为大山，不只是路上的影子。

不要失去桃花源

只要不失去心里的桃花源，

不管时空如何演变，

我们也能身着白衣，

在黑暗中潇洒前进。

在西门町走来走去，要寻找汉口街，却迷路了。

我想到已经有很多年没有到西门町，对这棋盘一样罗列的区域，竟感到非常之陌生，甚至连东西南北也分不清。从前，由于跑社会新闻的关系，几乎日日都在西门町内奔波来去，町内的区域和巷道非常熟知，怎么在几年之间，连汉口街都找不到了呢？

是由于时空变异，西门町改变了？或者是我的记忆改变了呢？由此，我们可以体会到经过时间与空间，我们忘记一个人、一个地方是非常有可能的。即使我们都能不忘，再相逢也可能两鬓飞霜了。即使我们都忘了，在某一个不可知的角落，一些鲜明的记忆也会如凌空的云，偶尔飘来我们的窗口。

在西门町里想这些，转来转去，幸好记忆尚未太远，很快地找到汉口街了，我是为了看赖声川导演的第一部电影《暗恋桃花源》而到汉口街，如果不是《暗恋桃花源》的吸引力，可能再过五年，或十年，我不会来西门町也说不定。

我渴望去看《暗恋桃花源》的电影，有好几个强烈的理由。一是几年前在剧场看《暗恋桃花源》的舞台剧，曾经给我带来极深刻的感动。在台北这样的城市，能感动人的事物实在太少了，有时要刻意去寻找感动，来证明自己的心情依然健在。

二是赖声川是我很佩服的导演，他在舞台剧的创意与努力，改变了中国剧场，甚至对台湾文化的发展极有影响。他在戏剧舞台的贡献是毋庸置疑的。但是，戏剧究竟不是电影，成功的舞台剧导演投入电影工作是一项冒险，这种挑战不只是来自市场，也是来自电影制作有更复杂、更特殊的状况。

三是《暗恋桃花源》有几位我所熟知的，非常优秀的演员，像李立群、顾宝明、丁乃筝、金士杰，可以说是新一代演员中里子最硬的。再加上林青霞，看看林青霞怎么样来接受真正演戏的考验，从二十岁演到六十岁。

四可能是因为陶渊明吧！

我坐下来看了十分钟，心里就放心了。赖声川的电影技法非常纯熟，不逊于他的舞台剧。而且他非常注意戏的质量，不论是节奏、音乐、灯光、摄影都很讲究，可以说是台湾少见的讲究质量的电影。

最特殊的是，这部电影大概是几十年来，台湾第一部没有打字幕的电影，原因是，导演认为打字幕会破坏画面的完整性，而且字幕是以重叠的方式放映，会影响到映像的品质，由此可知赖声川的讲究。

赖声川的舞台剧的特色，是时空好几个层次的交叠进行，再加上集体即兴创作，时常有出乎意料的创意泉涌，在电影里完全保住了这项特色，并且在运镜与思考还要自由得多，比舞台剧有更深切撼人的效果。

演员更不必说了，因为个个都好得没话说，连林青霞也是。近年台湾电影被港片打得很惨，但是港片其实很少有好演员，在这一点上，我为台湾演员感到欣慰，因为从长远来看，香港电影要拍出什么有人文性的电影比我们更艰难。

《暗恋桃花源》是近几年很少看到的好电影，有人文性、有娱乐效果。再之前，有李安的《推手》、杨德昌的《牯岭街少年杀人事件》、侯孝贤的《悲情城市》，好电影虽然寥寥可数，不过一想到这些有创意的电影，心中不免一振。不管台湾电影处在多么黯淡的时期，我都相信电影的桃花源不会失去，就像少年时代读的陶渊明的《桃花源记》，每每在最灰暗的日子里抚慰了我，只是把开头"晋太元中，武陵人，捕鱼为业"改成"一九九二年，台北人，写作为业"。

从戏院出来，发现天空正下着大雨，街头一片水泽，整个西门町的午后记忆突然从我的心中映现，唉！唉！不管时空如何转变，只要不失去心里的桃花源，我们也能身着白衣，在黑暗中潇洒前进。我想起电影里的一首歌的歌词：

　　　　有些事不是你说忘就忘

　　　　有些事不是你说算就算

　　　　有些人不是你说盼就盼

　　　　有些话不是你说完就完

时代已经变成这样

人多话就多，

三色人讲五色话，

也有人爱吃苦瓜，

也有人爱吃西瓜，

也有人爱看某婴仔摇屁股花……

忠孝东路慢性病一样的堵车，使我们坐的计程车陷在车阵里动弹不得，幸好我们正跟在一部广告车后面，广告车以超大的荧光幕播放着正在上档的新片，在夜暗之中，影像的品质出奇的好，我喃喃地说："没想到时代已经变成这样。"

与我同年代的计程车司机立刻应声说："是呀！我们小时

候如果有人告诉我们说，一部车子，整个是银幕，边走边放电影，我们说什么也不能相信；如果说有朋友住在十几层高楼，我们也不能相信；如果说可以带电话满街跑，也没有人会相信；如果说把写满字的纸塞进一个机器，美国的朋友立刻可以收到写着同样字的纸，谁会相信呢？……"

有人说台北的计程车司机都是演说家，我担心又碰到一位，有时候遇到喜欢演说的计程车司机还真头痛，真的。如果二十年前有人告诉我们台北的计程车司机都喜欢演说，喜欢谈社会、政治、房地产和股票，谁会相信呢？现在不用别人告诉，我们早就确信了。

"爸爸，那你们小时候演电影，是怎么做广告的？"小学四年级的儿子打断司机的演说，插嘴问道。

在很久很久以前，（好奇怪，为什么有趣的故事都发生在很久很久以前呢？）社会上是没有广告的。

那时候在我的家乡有两家戏院，每次有电影上演，就会有一个脸上涂满油漆的人，身上挂满看板，在街上敲锣游街，小孩子就会跑出来围着他，跟着他，就如同节庆一样，然后他会以扩音喇叭朗诵诗歌似的背诵着新上档电影的精彩内容。

我到现在还记得那个人每次开头总是说："人多话就多，三色人讲五色话，也有人说爱吃苦瓜，也有人说爱吃西瓜，也有人说爱看查某婴仔摇屁股花。今呀日，我们来看这出好看的电影……"

后来，行走敲锣的人变成广播车，他手上的扩音喇叭加了扩大器，从早到晚在城乡之间梭巡。这种广播车到处梭巡，放出特大号噪声的情景，除了电影新上档之外，要在选举时才会出现。因此一直到现在，每次选举的车在街上跑，都使我有着要演新档电影的错觉，感觉到政治人物渴望上舞台正如演员等着粉墨登场一样。

电影的广告日新月异，可惜电影却没落了。故乡的几家戏院苦苦撑持了一段时间，并且偶尔加演牛肉场和脱衣舞，甚至也有插片，还是被群众遗弃了。

打从读高中那年开始，要看电影必须坐一个多小时的车到高雄去。每次，想到去看电影的路上心中一片温暖，生命的想象空间仿佛变大了，对于生长在保守乡间的少年，生命的想象空间何其重要，因为世界为之广阔了。

电影的广告，是我在人间最早接触到的广告。那么质朴有生命力的广告，使我们觉得一切广告乃是本质的延伸，如果没有本质，根本就不值得做广告了。

但是，时代已经变成这样，广告凌驾了本质，一份报纸的广告比新闻多得多，一份杂志撕掉了广告页，就薄得像是传单。

时代已经变成这样，商店的招牌比店面还大，一份十元的报纸有一亿六千万元的赠奖。

时代已经变成这样，背着一大堆债务的人，使用黄金印制的名片，穿三宅一生的服装，开法拉利的跑车。

时代已经变成这样，商人想做政客，政客在当演员，演员向往权势。

时代已经变成这样，有一种汽车广告说，一个人下午三点半还在台北市区，下午四点要搭飞机去马来西亚，坐那种汽车就来得及。

时代已经变成这样，有一个房屋广告说，它的房屋在SOGO生活圈，地图标示的工地却是在内湖大直交界的荒山郊野。

时代已经变成这样，不会唱歌的偶像被包装成很会唱歌的样子；只会吹牛的影星被包装成不世出的才子；作家把裸照登在书的封面上，强调自己不仅会写字，还是英俊或美艳的人。

时代已经变成这样了呀！真实的本质还会有人认识和在乎吗？除了表面功夫，谁愿意给我们最好的醍醐呢？

车行到了基隆路，道路突然通畅，电影广告车突然回转，又挤进塞车阵里，我们的车加速通过。广告原来是要在人群里拥挤碰撞的，而真实的人生，需要的是更流畅的空间，更深入于本质，在本质上大口呼吸，有生命的想象空间。

梦的台北

有些东西会流失，

有些东西会永存。

有些人会变质，

有些质会长青。

有些梦，

唉!

实现了不一定比宝藏着好

　　三十年前，我第一次到台北，在台北读大学的堂兄带我到中华路、西门町一带去玩。当公车开到中华路的时候，我被台北的灯火辉煌、马路的开阔震慑了。对比着入夜即漆黑一片的家乡，台北给我的感觉就像梦一样，有点像童话世界，一点也不真实。

然后，我们一起去逛中华商场。当时，中华商场盖了才一年，房舍整齐干净，游人如织，电器、服装、古董、艺品、小吃店满是人潮，物品堆积得满坑满谷。对比着贫穷的南部乡下，很难想象台北是如此富裕，而且也是在中华商场，我第一次看见电视机。

逛完中华商场，堂兄带我到"真北平"去吃烤鸭。堂兄那时兼了几个家教，生活很不错的样子，吃饭的时候他告诉我，在台北谋生比较有机会，大学毕业后他将留在台北。说这些话的时候，他的眼神里有着希望的光芒。那也是我这一辈子第一次吃到北京的烤鸭。

吃过饭，我们散步到中华路和宝庆路的圆环，坐在圆环里，看南来北往的火车，在这个繁忙的都市里穿梭来去，抬起头来，中华商场的顶楼，许多巨型的霓虹灯闪烁，在夜空中明亮而华美。我看着当时令我十分崇拜的堂兄说："七哥，我长大也要来住台北。"——说这句话的时候，我到台北还不到五小时，没到过台北的其他地方，可见中华商场给我的撞击了。——堂兄摸摸我的头说："好呀！等你上台北的时候，说不定可以住在我家呢！"

18

　　说这话的十年后我到台北读书，七哥已经在家乡病逝了。七哥服完兵役后并没有如愿到台北来，因为当时故乡的中学有一个教师的空缺，他被召唤回乡去教书了。他教书的时间，我正在台南读中学，每次看到他都觉得他不快乐。结果，他不到四十岁就过世，我每次走到中华商场，想到饱学的堂兄那未竟的台北之梦，都感到微微的心酸。

　　七哥抑郁死在乡下，使我在退伍的第二天就到台北来了，不是因为台北有更好的谋生机会，而是由于我已经比较真实地认识了台北不只是中华商场，如果要从事人文的工作，台北是比乡下更合适的场景。

　　读书的时代，我时常和朋友去逛中华商场；每有乡下的亲戚朋友来，我也会带他们去走中华商场，仿佛回到了我九岁那一年。我认识的台北，就是从中华商场的霓虹灯开始的。

　　在台湾《中国时报》工作的时候，离中华商场更近了。我有一个知心的朋友在《新生报》上班，几乎是每天晚上，我从万华赶公车到延平南路，我们相偕散步到中华商场去吃大陈岛人卖的砂锅，那甜美的滋味和真诚深刻的友谊，至今还回味不已。我们把陈年绍兴酒上写着名字，就寄存在店里，满屋写着名字的酒，光是看着就要醉了。

　　每天和最要好的朋友饮一盅陈年绍兴，我觉得是人生中最值得记忆的情味。而如今，我有十年的时间滴酒未沾了；而如今，好友息交绝游已有十二年的时间。从那时开始，我再也没有进去吃过一次大陈岛人的砂锅，我怕吃的时候一定会心碎落泪。

人生之味有点像砂锅之味，我们放了太多的东西，在同一个锅子里煮，最后就百味杂陈了。

我在台北住的时间竟超过二十年了，偶尔路过中华路，偶尔穿过那杂乱的、堆满物品的骑楼，总会想到在许久许久以前，电影还是黑白片、收音机还是广播剧的时代，一个乡下少年抬头看霓虹灯的影子，那影子如梦相似。

中华商场就要拆了，我想到那些碎落的记忆、失散的朋友，不知道当年一起吃砂锅的人可还安好？不知道最后寄放的那瓶陈年绍兴，是给谁喝了？

有些东西是可拆的，有些东西是拆不掉的；有些东西会流失，有些东西会永存；有些人会变质，有些质会长青。有些梦，唉！实现了不一定比宝藏着好！

比景泰蓝更蓝

所有美的感受都要穿过心灵，

愈陈愈香、越久越醇，

就好像海岸溪边的卵石，

一切杂质都已流去，

只剩下最坚实、纯净、浑圆的石心。

近几年，年年都到花莲台东，有时一年去好几趟，通常是坐飞机，偶尔坐火车，竟有十二年时间没有走过苏花公路。

前些日子，应朋友之邀到花莲，搭车走苏花公路。车子沿着高耸的崖岸前行，时而开阔无比，时而险峻异常，时而绿树如缎，时而白云似练。深心里生起一种感动，仿佛太平洋的波

21

涛，一波一波从海边泛起来。

难道苏花公路比我从前来的时候更美吗？我心里觉得疑惑。

当学生时代，我也几乎每年到苏花公路，当时一方面是热爱东部雄峻高昂的山水，一方面则是热心于社会服务，常随着学校的社会服务团到南澳、东澳的山地部落去做服务工作，每次都走苏花公路。二十年的苏花公路比现在狭小，许多地方是单线通车，因此走走停停，觉得路途特别迢遥。那个时候没有冷气车，山风狂乱、尘土飞扬，车内燥热、百味杂陈，原住民时常提着鸡鸭上车，每回到了目的地都是灰头土脸的。

有一次，独自在苏花公路一带自助旅行，每到一站就住两三天。二十年前的旅游业不发达，几乎找不到像样的饭店，连普通的旅舍也难找，只有一种木板铺成的一片"通铺"，专供到深山采药、采兰花，或走江湖卖艺唱戏的人居住，我就住在那些地方，每天十元。夜里，飞蛾、蟋蟀在屋内飞动，壁虎、蟑螂横行于壁间，墙壁上全是蚊虫、跳蚤、虱子被打死留下的血迹。

一夜，我到了南澳，已经夜深，投宿于这种平民客栈，睡前找不到漱洗的地方，老板娘说："呀！后面有个池塘，我们的客人都在那里洗澡！"

我走到屋后，果然有个池塘，在树林之间，星月映照在池水上，满心欢喜地在池边刷牙、洗澡，觉得池水清凉甘美，还喝了几口，才回通铺睡觉。

第二天黎明醒来，再走到池边，大吃一惊，原来池水是乌黑的，池上漂满腐叶，甚至还有虫、蝶、金龟子的尸体，这使我感觉到人的感受是不实的，昨夜那种美的印象完全破灭了。

虽然旅行的环境是如此简陋，每天一走到屋外，进入溪谷、林间、海滨，就知道一切是多么值得，只要能走入那么美的风景，就是睡在地上也是甘之如饴的。

溪清、林茂、海蓝、云白，满山的野百合和月桃花，有时光是坐着放松，就会感动得心潮起伏，这福尔摩莎，这美丽之岛，这无可取代的土地呀！

二十年前，车稀路窄，一到夜晚，苏花公路就沉寂了，独自在大街上散步，觉得身心了无挂碍，胸怀澄澈如水。一直到现在都还深深地记得远处的涛声，以及在山路间流动的夜来香的香气。

苏花公路的记忆是我少年时代最美的记忆，噶玛兰的橄榄树、泰雅族的聚落、蓝腹鹇的歌声，和南寺的晨钟暮鼓，光是想着就要微酣了。

那个时候所强烈感受的美，未曾经过岁月的沉淀，没有感情的蒸馏，未经流水的冲刷，依然是粗糙的。这一次坐在冷气车中，细细回想从前所走过的路，窗外无声，云飞影移，觉得眼前的景色更美，在美中有一种清明，是穿过了爱恨，提升了热情所得到的清明。

原来，所有美的感受都要穿过心灵，愈陈愈香、愈久愈醇，就好像海岸和溪边的卵石，一切杂质都已流去，只剩下最坚实、纯净、浑圆的石心。

我对朋友说："住在台湾的人，如果每隔一段时间就能走一趟苏花公路，人生也就无憾了。"确实，我们走遍世界，才会发现最美的人间景致，就在我们身边呢！

几天的晚上，我都住在亚士都饭店，亚士都算是花莲的老饭店了，简朴有风味还像以前一样，站在阳台面海的方向，可以看见明亮的天星，偶有流动的萤火，空气里青草伴着海风，挟带着槟榔花那极为浓郁特殊的香味。

我独自沿着海滨公园散步，秋季海上的朔风已经起了，一阵强过一阵，椰子树也摇出抽象的舞姿。东部的天空即使是夜晚，也如景泰蓝那种深蓝，白云依稀可辨，云们好像听见了起跑的枪声，全往更深的山谷奔驰。

如果有点音乐，就更好了，我想着。

海，像是听见我的念头，开始更用力地演奏涛声，一遍一遍，永不歇止。人与海涛在寂寞中相遇，便是最好的音乐。

少年的歌声也随海涛汹涌着，我想起，曾在东澳的山路上采了一束月桃花，送给一位美丽的少女，月桃花依旧盛放，少女的神采则早已在云端上了。

如果，如果，再下点微雨，就更好了！

不能使人巧

古人说：

"能与人规矩，不能使人巧。"

那是对于墨守成规的人说的，

如今的时代连规矩都没有了，

还谈什么巧？

从前有一个叫刘羽冲的人，性格孤僻，喜欢事事都讲古代的典章制度，不知道那不符合现代情况，是迂阔行不通的，认识他的人都规劝他，也没有用。

有一天，刘羽冲偶然得到一部兵书，伏案读了一年，就自称可以统兵十万了。正好附近闹土匪，刘羽冲就自练乡兵和土匪作战，结果全军溃败，自己差一点都被土匪抓去。

又有一次，他偶然得到一本古代水利的书，伏案读了一年，又自称可以使千里之地变成沃壤。于是绘图说明呈献给州官，州官也喜欢多事，叫他在一个村庄试办水利事业。当他把水利工程按古书做好的时候，正好发了大水，水沿沟渠灌入，全村的人几乎都变成为大海里的鱼。

刘羽冲从此抑郁不得志，时常在院子里走来走去，摇头自言自语："古人岂欺我哉！"每天念千百遍，只是念这六个字，不久就发病死了。

后来，每到风清月白的时候，常有人看到他的鬼魂在墓前的松柏下，摇头独步，念念有词。仔细一听，他诵的还是"古人岂欺我哉"六个字，如果有人取笑他，他就消失不见。可是第二天，他还是诵这六个字，一再重复。

这是清代才子纪晓岚在《阅微草堂笔记》里的一个故事，他最后给刘羽冲的评述是："泥古者愚，何愚乃至是欤！"（泥古已经是很愚笨了，没想到有人笨到这个地步！）写这个故事，使纪晓岚想起一个长辈的教导：

满腹皆书能害事，腹中竟无一卷书，亦能害事。

国弈不废旧谱，而不执旧谱；国医不泥古方，而不离

古方。故曰："神而明之，存乎其人。"又曰："能与人
规矩，不能使人巧。"

（人满肚子都是书会误事，肚子里没有一卷书，
更会误事。这就像最好的围棋手，不会废弃古人的棋
谱，也不会固执于旧谱；最好的医生不拘泥于古方，也
不会背离古方。所以说："神而明之，全在用它的人。"
又说："别人只能给你规矩，却不能使你手巧。"）

特别是"能与人规矩，不能使人巧"成为传颂的名句。《阅
微草堂笔记》正是以寓言的形式借古讽今，讽刺清朝官场里污
浊、黑暗的实情，经过两百年，依然刺中我们的心，看到传播
媒体的报导，不禁会问："我们今天的政治真的比古代清明吗？
或者污浊与黑暗只是转变了形式呢？"

古人说："能与人规矩，不能使人巧。"那是对有规矩的人
来说，如今的时代连规矩都没有了，还谈什么巧？

最近，台湾"立法院"接连通过《果菜营业税追溯减免的
修改决议》和《弹性证交税率修正案》，他们都宣称是为了民
意才做了这样的修改，即使国民党一再全力阻止，媒体一再规
劝，一般老百姓一再反映，追求政治生命的"立法委员"仍然
不顾规矩，悍然通过，造福"小众选民"。

令人担心的倒还不是"法案"的决行，而是以民意为借口，完全不顾规矩的恶例一开，今后有财团、地方派系背景的"立委"大举进入台湾"立法院"后，情况将更不可收拾。那时候，民意一片混沌，党意一片荡然，委员一意孤行，真正的人民的福利、社会的发展、国家的前途会被照顾到吗？

一千四百位果菜承销人的选票这么重要？重要到无视一千多万选民的存在？何况缴税乃是天公地道的事！

唉唉！无知者愚，何愚乃至是欤！

这使我想到《阅微草堂笔记》里的另一个故事，有一个人梦见到了地府，看到许多穿官服的人被审判，都有愧恨之色，他走过去问："这些是什么人？"

小官员说："这些就是四救先生呀！"

什么是四救先生？就是：

一、救生不救死。死的已经死了，救不回来了，如果把活的杀了偿命，便多死一个人，所以宁可设法开脱活的，不管死的是不是有冤情。

二、救官不救民。如果上诉案件成立，原审的官员就会被发现有错，祸福难料；让人民的上诉案不成立，顶多是充军的罪，比较容易处理。因此就不考虑官员是否错判，百姓是否含冤。

29

三、救大不救小。官员出了错，罪责若由大官承担，被牵连的人一定很多；如果由小官承担，处罚较轻，结案也容易，小官是不是有罪，就不考虑了。

四、救旧不救新。旧官已经卸任，如果贪污未了结，把他扣下来，恐怕不能偿还，不如放了他，强压新官帮他了结。至于新官能不能承担，则不在考虑范围之内。

官场上的"四救先生"，他们"非有所求取，巧为弄文，亦非有所恩仇，私相报复"，但是他们是非不明，"矫枉过直，顾此失彼，本造福而反造孽，本弭事而反酿事，亦往往有之"。想一想，我们的政界还是有许多"四救先生"哩！

"四救先生"地狱的判决如何呢？幽默的纪晓岚说：

种瓜得瓜，种豆得豆。夙业牵缠，因缘终凑。未来生中，不过亦遇四救先生，列诸四不救而已矣！

铁拐李的左脚

在这苦难的人间，

每次一想到铁拐李，

心里就会感到一阵温暖，

我们在人间游行，

事无全美，

福无变至，

人人都是跛了一只脚的人。

读黄永武教授的《爱庐小品》，其中有一篇谈到铁拐李的文章，非常有趣，引人深思。

黄教授谈到八仙中的铁拐李，跛了一脚，手扶铁拐杖，还背了一个装有灵药的葫芦，他不禁感到疑惑："既然有仙人的灵术灵药，为什么不先把自己的跛脚医好呢？"

"我猜铁拐李不治好自己的跛脚，是为了向世人展示：重心不重形。仙人重视心灵的万能，不重视臭皮囊的外壳。一般人外形有了残障，回护之心特重，不许别人说着他真正的缺陷处，不幸有人触及讪笑，甚至会动杀机。然而形貌的美丑，是贪恋世间者的品味，凡世味沾染得愈浓，愈不易人道，成道的仙人，早明白'自古真英雄，小辱非所耻'的道理，不会把外形的美丑放在心上的。"黄教授下了这个结论。

读到这篇文章，令我想起了自己最早对铁拐李有印象，是从"八仙彩"和"八仙桌"来的。从前的台湾乡下，每逢节庆或嫁娶，门口一定要挂八仙彩，桌子也要围一条八仙彩，绣工细致、艳丽华美，传说一方面可以辟邪，一方面可以讨吉利。

八仙彩上绣着汉钟离、张果老、韩湘子、铁拐李、曹国舅、吕洞宾、蓝采和、何仙姑，个个形貌都很不同，而且突出，有老有少、有男有女、有美有丑。我在少年时代就时常想：为什么仙界的人不都是俊美年轻的神仙呢？那集合了老少美丑的仙界不也像人间一样不公不平吗？有什么值得追求的呢？

再进一步想：仙人也会老吗？仙人也会残缺吗？

　　每次问到大人，他们总是说："囡仔郎，有耳无嘴，管什么神仙的大志！"最后总是不了了之。

　　不过，在八仙里我最喜欢铁拐李，因为他最有人味，最有亲和力，传说也最多。铁拐李为什么是跛脚的呢？有好几种说法——

　　一说，铁拐李早年长得非常英俊魁梧，从小就修道。后来，率弟子在岩穴修道，有一天，太上李老君约他到华山去。他对徒弟说："我的身体留在这里，游魂和李老君到华山去，如果七天以后还没有回来，你就把我的身体焚化了。"他的魂魄飞出去之后，徒弟的母亲生了重病，催促回乡。徒弟为了赶回家乡，在第六天就先把铁拐李的身体焚化了。等到铁拐李回到山上，正好是第七天，遍寻身体不着，只好附在一个饿死的尸体上复活，所以铁拐李才会跛脚。——《茶香室丛钞》

　　一说，铁拐李活到八百岁，身体坏了，再投于他人的身体再生。——《铁围山丛谈》

　　一说，拐仙原来姓李，在人间就有足疾，后来受到西王母的点化成仙，封为"东华教主"，授以铁杖一根。——《山堂肆考》

　　虽然说法有很多种，其实都是从"人间观点"来看，铁拐李早入了仙籍，怎么还会有人间的身体、人间的残疾呢？因此，我很赞同黄永武教授的说法，铁拐李的跛脚是一个象征，象征不论在人间或天界，都充满了缺憾，不能圆满。铁拐李的跛脚也是一种示现，示现事物没有十全十美，连神仙都不免有跛足之憾，人间的遗憾也就没有什么不能承受了。

铁拐李的葫芦中的灵药虽可以解救天下苍生，却不能治愈自己的病足，看起来似乎是矛盾而吊诡的，深思其义，会发现这是人生里的真情实景。我们很容易帮助别人渡过难关，可是自己遇到难关却总是手足无措。我们站在局外时常可以给人觉醒的灵药，一旦当局者迷，就会陷入闷葫芦中，哪有什么灵药呢？即使是人间最了不起的医生，生病了也要找别的医生诊疗呀！

在这苦难缺憾的人间，每次一想到铁拐李，心里就会感到一阵温暖。我们在人间游行，事无全美，福无双至，人人都是跛了一只脚的人，而觉悟者的最先决条件，便是承认自己的残缺，承担自己的病足。

最令人忧心的人，是那自以为完美的人；最令人担忧的社会，是文过饰非的社会。不论人或社会，谁没有一些痛脚呢？怕的是不能相濡以沫、互相提供灵药罢了。

逐鹿天下，无限江山

江山有待，

而江山无情，

所有的盖世英雄，

最后不都是在短促的岁月中折腰吗？

从前在京剧和地方戏中，看见的项羽莫不是大花脸，须发飞扬，言语狂放粗鲁，而刘邦呢！多是英俊小生，宽容、仁慈、文质彬彬。

一般人习染于戏曲既久，自然会对项羽和刘邦产生两极的偏见，偶有同情西楚霸王的，也会先入为主地认为他是一个鲁男子。

最近到剧院去看明华园歌仔戏《逐鹿天下》，看到对楚汉相争完全不同的诠释，项羽竟然是一位俊秀的翩翩佳公子，不仅武功盖世、豪气干云，而且充满真情，情有独钟，为了虞姬，宁可放弃江山。

刘邦则被描述成一个丑角，每天赌钱厮混，五短身材，胆小如鼠，笑话百出。在这出戏里，刘邦仅有的两个优点，是他讲义气以及运气好。

这两位条件完全不能相提并论的英雄与狗熊，争夺谁能先入咸阳城，最后刘邦竟先进了咸阳，有了天下。看到最后的结局令人扼腕叹息，感到真正英雄人物那种可悲的情怀。

当然，戏剧不是历史，并不能反映历史的真相，因为在《史记》里，项羽固然是"彼可取而代之"的英雄人物，刘邦又何尝不是"大丈夫当如是也"的豪气干云的人中之龙呢？

在司马迁的笔下，项羽和刘邦都不是天纵英明的人。项羽小的时候不喜欢读书，也不喜欢学剑，只喜欢读兵法，可是兵法也学得潦潦草草，就不肯多学。比较特殊的，是他身高八尺余，力能扛鼎，才气纵横，有两个瞳仁，故乡的年轻人看到他都畏惧三分。

刘邦的少年时代更不堪，出生农家却不事生产，好逸恶劳，喜欢酒色，就像一个不良少年，连喝酒也不付钱的。他的优点是为人豁达，不拘小节，而且天生容貌很好，鼻子高挺，长相像龙，有漂亮的长胡子，左腿上有七十二颗痣。

这样两位不是顶特殊的年轻人，后来与天下英雄一样起来反秦，但在岁月的历练中，逐渐发展成不是普通人物。项羽虽然武功盖世，却变得骄傲、暴躁和专断，而且心肠软，在几次关键时刻（像鸿门宴）都不忍心杀刘邦，从而埋下了失败的种子。

刘邦的性格则日渐成熟，加上有张良、韩信、萧何、曹参、樊哙等文臣武将的辅佐，竟势如破竹，声望愈来愈高，而且在好几次危险关头都如有神助，化险为夷，逐渐走向成功之路。

楚汉相争最动人的是项羽被困于垓下，四面楚歌，他在帐中饮酒，看着自己心爱的虞美人和千里马，满怀悲愤地唱着：

力拔山兮气盖世，

时不利兮骓不逝。

骓不逝兮可奈何？

虞兮虞兮奈若何！

英雄气短，末路狂歌，最后，他自刎于乌江，把自己的首级送给从前的旧部后来投靠刘邦的吕马童。项羽死后，大家都来抢项羽的身体，遗体被砍成五块，大家抢成一团，最后刘邦把万户的土地分为五份给抢到五块项羽遗体的人。

我少年时代读《史记·项羽本纪》，读到结局时感慨不已，想生命的追求如此惨烈，使得一代英雄豪杰落得鲜血淋漓的下场。这一次看了明华园的《逐鹿天下》，等于给"楚汉相争"的历史做了翻案。我看完表演，在剧院旁的池塘边散步，不免想到是谁在写历史？什么才是历史的真相呢？得了天下的刘邦又怎么样？他大杀功臣，晚年得了重病，要更换太子刘盈为戚夫人生的儿子如意而不可得，最后对着戚夫人高歌：

鸿鹄高飞，一举千里。

羽翮已就，横绝四海。

横绝四海，当可奈何？

虽有缯缴，尚安所施！

——虽有弓箭，又有何用？要射向哪里呢？

在历史里，人的一生是多么短促，成王败寇，有得有失，最后是项羽的无可奈何，也是刘邦的茫然无措。江山虽然等待英雄人物来逐鹿，江山有待而江山也无情，所有的盖世英雄，最后不都是在短促的岁月中、在如是多娇的江山前折腰吗？

今年的"文建会"的文艺季，除了《逐鹿天下》，另一出大戏是当代传奇剧场的《无限江山》，描述南唐末代皇帝李后主华丽而悲剧的一生。我们凡夫俗子不能逐鹿天下，看看历史的兴衰也就很好了，反过来说，一个人如果心中有无限江山，也就无所争、也不必逐鹿了。

可叹息的是，正在逐鹿天下的人，有多少是为了私心？有多少是真正珍惜江山？回家时，看见满街竖着"立法委员会竞选"的旗帜，在夜黯中飘扬，我的感触更深了。

在旗上飘扬的人名与人相，全都会是历史的过客，都一样渺小、一样短促、一样折腰！但是历史真相虽然难明，公道自在人心。但愿人人不只逐鹿天下，也都能珍惜江山与人民。

泛性与泛政治

如果什么事都要蒙上政治的暗影，
生活会有多么不痛快呀！
有更多的事不一定和政治情结有关，
只是当事者下台的借口。

到台北市立美术馆去参加一位女画家的评论座谈会，其中一位男性评论家的观点令我大为吃惊。

他说："这些画，在我看来充满了性的暗示和象征。例如草原上的白蜡烛，维纳斯的雕像，这些都是充满性的联想力，特别是桌上的一串香蕉和从空中驶过的战车，前者是具象的性象征，后者是隐藏着的性暴力，因此，我们可以说这位画家的作品充满性的意味。"

使我吃惊的倒不是这位评论家的观点,因为自从弗洛伊德之后,被性事迷惑的评论家和心理学家非常多,他们几乎同时具有一对性的眼睛和性的心灵。

在他们的眼里,不只香蕉、茄子、水蜜桃充满性的象征,甚至连大树、草原、流水也到处是性的联想。有些更严重的,连都市的高楼、汽车、污染的空气都离不开性。类似的评论家和心理学家太多,已经多到不会令我吃惊的地步。

我吃惊的是,我在看到白蜡烛和维纳斯、香蕉和战车时,为什么完全没有性的联想呢?难道人的心灵距离如此巨大?大到完全没有交集与沟通的可能?

其实,我并不完全反对那位评论家的观点,使我深思的有两点。一是创作者在创作时,往往是创作的直觉反应,而不是先有一个理念、象征、联想才创作的。这就像在田径场上赛跑的人一样,他不是为了掌声才跑的,而跑第一的人往往是快得听不到观众的掌声。评论家的观点往往只是自己的观点,大部分与艺术的创作无关。

二是关于艺术,乃至人生的本质,往往不是三言两语可以说清,一切归之于性,将使艺术的创作失于简单、浮面。深刻多元的艺术思维会因之失落,纯粹、直观的艺术表达也混淆了。

在艺术馆的院子走过的时候，夜色已经迷茫了，我抬头看着初冬的天空，感受到凉意已经笼罩着这个城市。我想到那些泛性主义者虽然在现代社会中自成一格，自成流派，我们没有什么可以置喙的地方。可是如果泛性的思想成为普遍的思想，对社会的创造力可能有误导作用。例如一个泛性主义者，他在生活里就不会有单纯之乐，不能就事论事，会失去思考和判断的理性。想想看，连河流和树木都有性的联想，那是一个多么复杂而可怖的情况！

与"泛性主义"可以等量齐观的大概就是"泛政治主义"，就是什么事都从政治面来看、来思考，任何一个征税、修路、环保的问题都可以扯到最高层的政争；任何语言、教育、社会福利的小事，都可以联想到省籍情结、政治打压；使我们在看媒体报导时，有如走过凌晨三点时黑暗的森林，搞得一头雾水，连马路上的坑洞也看不见了。

想一想，如果什么事都要蒙上政治的暗影，生活会多么不痛快呀！有很多的事可能和政争、政治情结无关，那只是当事者下台的借口。

遗憾的是，只要制造一个"泛政治主义"的气氛，政治人物讲脏话、吐口水、摔桌椅、拳来脚往都变成有冠冕堂皇的理由了。

"泛性主义"或"泛政治主义"不是中国台湾所独有，最近美国总统当选人克林顿的妻子在"选战"一开始，就告诫女儿说："从今天起，妈妈会被攻击，我们的猫会被攻击，我们家的金鱼会被攻击，因为选举是世界上最龌龊的游戏。"

因选举的龌龊会"株连甚广"，攻击会无所不在，转换为"泛政治"也是一样，仿佛处处都是刀山剑林，一穿过政治的漩涡就会遍体鳞伤。

"泛政治"最大的危害，是使社会成为政治的祭坛，人人都有郁卒之气，从而将任何不公、不平、不义、不开心的事情都归诸政治。其实，有很多不公可能因为经济，很多不平可能是因为教育，很多不义可能是因为伦理，很多不开心可能是因为天气呀！

大多数人对性感到冷漠，对政治感到消极，会使一个社会死气沉沉。但是如果大多数人对性与政治都很狂热，进到"泛性主义""泛政治主义"的程度，则社会就会躁动、不安、混乱，特别是在一个变局的时代，我们需要更理性、更深刻、更多元的思考。

让性有自己的空间，让艺术也有自己的空间！

让政治的归于政治，让社会也保有单纯、发展、开创的活力吧！

公共意志与社会品质

一个人均所得一万美元的社会，

不应该像个乞丐窝。

巴塞罗那的奥运会终于结束了，今年的巴塞罗那奥运会被认为是历史上最成功的奥运会，原因之一是本届奥运会没有发生什么丑闻，参与的人都是高高兴兴地来、平平安安地回家；原因之二是，一般人对西班牙这个国家在奥运会前并不是非常有信心，期望也不大，没想到竟然能办出这么漂亮的奥运会，使西班牙这个古老的国家的声誉向前迈进了一大步。

我们热爱体育的人，不一定有机会到西班牙，不过在媒体上躬逢其盛，对于巴塞罗那奥运会从筹备、举办，到完成也多少有所了解。

特别是看日本的卫星电视节目，不仅是所有的比赛巨细靡遗，开幕、闭幕也做了全程转播。对于巴塞罗那的风土民情、文化、建筑也有详细的介绍。综合起来，这次奥运会的成就，被誉为"巴塞罗那奇迹"。

如果从中国台湾看巴塞罗那奥运会，它被称作"奇迹"的理由是，西班牙原是欧洲的二级国家，国民生产毛额是一万二千美元，比中国台湾略胜；但中国台湾的八百多亿外汇存底为世界之冠，消费力胜过西班牙。两相比较，我们可以说西班牙和中国台湾具有同一等级的经济实力。

接下来我们会问，中国台湾最大的城市台北，有能力办一个奥运会吗？恐怕以现有的水平，办一个亚运都很成问题。即使能勉强办一个国际运动会，我们将如何展示文化与艺术的内涵呢？我们的城市在数十部摄影机下（就像女子十公里竞走、男子马拉松的全程转播都是动用数十部摄影机），将会展出什么样的街景、建筑和招牌呢？想一想就感到悲哀。

我们的公共建设几乎没有文化艺术可言，如果再加上污染的空气、昂贵的物价、混乱的交通，以及垃圾、摊贩和乞丐，一一打折下来，我们将会呈现出和西班牙完全不同的景象。

我们是怎么一回事？把公共事务搞得一团糟？是政治人

物勇于私斗、怯于公义的结果？还是当局官员无能、舞弊或徇私？或者是人民素质太低？甚至于是不是我们在法治和社会结构上有缺漏？

只要涉及公共事务和公共建设，几乎是千头万绪，但绝不是无迹可寻的，我觉得这里面最严重的问题是"公共意志"，当局与人民几乎都缺乏公共意志，才会使整个社会——特别是公共建设——的品质不但无法提升，甚至一直在沦落。

什么是公共意志呢？就是有大我之念。从当局的角度来看，当局的权力是人民所赋予的，当局的财政是人民的税捐，当局实施一切公共政策应该是人民的大我为优先，不应有徇私苟且之念。像前一阵子南京东路"国泰人寿土地变更案""匈牙利公车滞驶案"，都是非常明显的，像这类的例子，说没有徇私苟且，其谁能信？

其次，当局官员虽代表当局，"执行官"个人的公共意志也十分重要。例如最近如火如荼的"高速公路十八标案"，从发生后，简又新"部长"不发一言，一直到事情愈闹愈大，纸包不住火了，才来开记者会。在他沉默的一个月之中，哪里有什么公共意志呢？稍有公共意志的"首长"早就该公开澄清，甚至向全民的关切道歉了。

愈是没有公共意志的政府，其官员就愈不能免于贪渎、舞弊。如果想到每一分钱都是人民的血汗，哪里还有心肝放在自己的口袋里！

再从人民的角度看，缺乏公共意志的人民绝对没有条件生活在优良的公共环境，高品质的社会也就无以创造。

举例来说，近年来台湾当局只要遇到公共事务的土地征收，总是遍地荆棘。总会遇到没有公共意志的百姓，枝节横生。别说征收私人土地了，当局要收回公园、学校等公家用地做公共建设，也一定会遇到抗争、阻拦。试想一想，如果大家都没有公共意志，不肯为大我着想，又希望社会有好品质，那不是缘木求鱼吗？

大到土地的征收，小到统一发票的开立，甚至闯一个红灯、丢一张纸屑，都能表现出人民的公共意志呀！

因此，一个人均所得一万美元的社会，不应该像个乞丐窝。我们有能力、也有条件过更高品质的生活，只要当局与人民都能强化公共意志，为大我想一想，为子孙万代想一想，我们的社会并不是不可为的呀！

匈牙利·吐鲁番·乌鲁木齐

人心乱，

交通就乱；

人心浮躁不安，

车子就会横冲直撞；

人心争权夺利，

街头就会寸土必争；

人心没有规矩，

交通就不可能有规矩！

　　台北的忠孝东路有一家百货公司周年庆，我夜里十点路过，竟还塞着车，而且塞到完全动弹不得。我坐在计程车里养神，开车的老先生却显得非常躁动不安。

"太没有天理了！半夜十点钟还在塞车，当局这些管交通的官员都是吃屎的！"司机老先生咒骂着，夹杂着更难听的"三字经"，为了媒体的清净，我把它"消音"了。

我说："也不能什么事情都怪当局，你看前面塞车是百货公司打折，和当局官员有什么关系呢？"

"哎呀，少年郎，你不懂！今天台北的交通会乱成这个样子，不是什么塞车啦！挖路啦！那么单纯。很少有人想到一个根本问题，那就是人心乱！一个人心乱的地方，交通怎么可能会好！"老先生很生气，可是他的最后一句话使我触动了一下，因为在检讨交通问题的意见里，这一点比较少听到。

"人心乱，也不一定要牵涉当局呀！"

"这你又不懂了！当局内部如果不乱，社会的人心怎么会乱呢？就以交通来说吧！近几年的贪污事件，哪一件和交通无关？先是'交通部长'张建邦利益输送，下台了。接下来是桃园国际机场长'荣停机坪案'，然后是高速公路局的十八标、廿七标、三〇一标，每一标使老百姓的荷包中标。接下来，是匈牙利公车的贪渎案，现在还有四百多辆锁在仓库里呢！一百辆在路上跑的公车，一个月进场修理六百多次。再下来就是捷运局浮报广告费案……这些案子，哪一件和交通无关？现在关在土城看守所的'交通官员',总数恐怕超过一百个!真不是东西!这交通怎么能不乱呢?"老人条理井然地分析着,使我不禁对这满口"三字经"的人,生出一些好感和敬意。

老人说,他每次看新闻标题是"匈车上路"时,既好笑又好气,那匈牙利的公车缺点一大堆,不知道什么时候会闹出人命。"俗话说'要偷吃也要会擦嘴巴',像匈牙利公车的舞弊案,是嘴巴连擦都没擦,整嘴油叽叽的!"

"普通的人,正常的人,想要买进口车,一定会买德国车、日本车、美国车,不然英国、法国、瑞典、意大利都好,怎么会跑到匈牙利买呢?匈牙利的车造得都没有我们裕隆的好呀!去匈牙利买车,就像到吐鲁番、乌鲁木齐买车一样。"

……

我们在车上闲聊着台北的交通问题,半个多小时的塞车时间竟不知不觉地度过了,当车龙开始往前推进的时候,感觉到心情一松,开朗起来。唉!住在如此混乱的城市,使我们对人生的标准仿佛也降低了,只要有一天出门能顺利前行,便觉得是值得庆贺的大事了。

交通不良的问题,或者是施工,或者是车辆过多,或者是百货公司周年庆,都可以忍受,因为总有个期限;可是人的品质不良,人与人之间的沟通困难,却很难忍受,因为它没有尽期。

人心乱，交通就乱；人心浮躁不安，车子就会横冲直撞；人心争权夺利，街头就会寸土必争；人心没有规矩，交通就不可能有规矩……因此改善交通必须先从人心改善，这是一个老计程车司机的真知灼见。

像现在，主管交通事务的一级主管，有的被收押，有的被起诉，几十个人住在看守所，难道大家不感到痛心吗？难道主管的"官员"不惭愧吗？"交通部长"不下台，还有天理吗？

……

地上的鱼

鱼，

应该在大海中自由游泳，

文化也是，

一旦游入狭小的河川，

就不自由，

也没有退路了。

　　最近，在艺术圈子流行着一个论点，就是水墨画没有前途了，如果要走向国际化，有才气的年轻人应该放弃水墨画，改习油画。

　　这个观点在近百年来时常被提出来，卑之无甚高论，一点也不稀奇，比较稀奇的是因为近年来"一中一台""台湾独立"的言论，许多艺术家、艺评家遥相呼应，恨不能把水墨画也开除"国籍"、押解出境。然后举出许多理由，例如毛笔、墨水、宣纸没有时代性，例如水墨画已发展到尽头，例如水墨画没有国际观等。

结论似乎隐约可见了：我们应该用油画、水彩来画台湾，这才是唯一要走的路，也是台湾艺术唯一可走的路。

但是我们接下来的问题是，水墨画不要了，书法还要不要呢？篆刻还要不要呢？陶瓷器还要不要呢？"故宫"里那些宝物还要不要呢？甚至我们可以进一步问：汉赋、唐诗、宋词、元曲、明清小说还要不要呢？假如这些都不要，将会使文化的空间和艺术的发展陷入什么样的状况呢？

有一些画水墨、写书法、做篆刻的朋友，为这个"艺术台独"或"文化台独"的论点感到忧心忡忡，举行座谈会，邀请我发表一些意见，这使我陷入了苦思。真的，如果在文化上我们把脐带切断，对台湾的将来会有什么影响呢？水墨画是如此优美的艺术形式，又有什么罪，要承担政治责任呢？

在这个世界上，如果我们真有国际观点，就会发现在艺术的范围里没有不好的形式，只有不好的画家。所有的艺术形式，如果突破了拘限达到境界的高峰，都可以感动全世界的人。今天，我们在艺术上自拘于小，对西方的油画、石雕、水彩俯首称臣的时候，有没有想到在卢浮宫、大英博物馆、大都会博物馆，以及世界一流的美术馆，西方人正在对我们的水墨画、瓷器、玉器、木刻顶礼膜拜呢！艺术创作只要是好的，就会有国际性，道理是很明显的。

至于水墨艺术的现代感，解决的问题也是在艺术家的身上，而不在艺术形式本身。我深信一个有大才气的艺术家，自然能以现有的形式来创造符合时代感的作品，水墨画如此，油画也是如此。就以油画来说，到现在，古典主义、印象主义、抽象主义在西方还是有人做，不是照样有现代感吗？

其三，在一个多元的时代、多元的社会，最好的艺术发展，是任何形式都有人创作，人人适其所适、顺性而为，喜欢油画的就去画油画，喜欢水墨画的则潜心水墨，各使自己的潜能发展到高峰，才是艺术的坦途。如今，主张"水墨画该死"的艺术家都是搞西画的，不免有本位主义之嫌。

我更忧心的，并不是水墨画本身的问题，而是整个文化和艺术的认同问题。在政治上，许多人在统独争论，不必多说。可是如果在文化艺术上没有一个大的认同、大的胸襟、大的宏观与远见，不仅使我们的文化艺术走向褊狭之路，我们的性灵生活也会变得短见而无味了。深思一下，如果把历史的经典、艺术、思想从台湾岛上抽离，我们台湾还剩下什么呢？

政经社会受到环境的影响，这是无可奈何的事，但是文化艺术的空间愈大愈好，才能培养胸襟愈开阔的人。宣判"水墨画是中原文化的流毒，应该判死刑"的人，我们站在一个更大的观点看来，都不免有小格小局、小里小气之弊。

鱼，应该在大海中自由地游泳，文化也是；一旦摒弃了汪洋大海，鱼就会游入狭小的河川，不能吸取上下左右的养料，文化也是；一旦游入狭小的河流，就不自由，也没有退路了。

游入河流还是好的，如果手段激烈一些，情绪激进一些，就可能跳到地上，成为没有滋润的鱼。

地上的鱼命运如何，再愚蠢的人也知道吧！

向北极靠拢

当一个人在利益和情感上有所"介入"，

必会形成某些偏见，

就无法完全客观了。

曾执导过《杀戮战场》《教会》《胖子和小男孩》《欢喜城》等名片的导演罗兰·约菲，最近来台湾访问。

罗兰·约菲的电影，最明显的特色是远离了他所熟悉的英国，带观众进入一个陌生迷离的世界，像柬埔寨、南美、印度。这种自陌生而深入的过程推演，形成了他的电影里非常明显的风格。

他认为自己是个"世界人"，那是由于他的曾曾祖父是意大利人，而他的太太是中国人。他说："我选择把摄影机往外摆，放在哪个国家，哪儿就像我的家。不过，我不会光拍'外国人'，我会拍'外国人'和西方人的交流，有关人性互相的影响。"

罗兰·约菲的新片《欢喜城》，选择了帕特里克·斯威兹担任男主角，记者问他原因，他说，因为帕特里克·斯威兹有一种坚毅的个性，适合剧中的医生的角色。更重要的是：他以前没到过印度，对印度不会有偏见，符合剧情。

罗兰·约菲的说法，使我不禁想到"客观"与"介入"的问题。当一个人有所介入，必会形成某些偏见，就无法完全客观了。例如不久前在台北上映的电影《情人》，是法国当代女作家杜拉斯的自传小说所改编的，不管是电影或小说，由于杜拉斯的主观的介入，因此对中国人有很深的偏见，有许多小说评论和影评都认为《情人》是充满了"白人沙文主义"的作品，这个观点十分公允。

介入过度既然易生偏见，反而从美国人眼中来看"丑陋的日本人"，或者由日本人来谈"堕落的美国主义"，常能有一针见血之论。中国的两岸关系也是如此，这几年交流频密，两岸的优缺点都已浮上台面，经由客观的理解，而不是个人情感与意识的介入，中国的统一是极有可为的。

　　情感的介入已经造成无法客观的偏见，何况是利益和权势的介入呢？最近有一个非常明显的例子，就是各级"议会"，从"立法院"到"省议会"，从"台北市议会"到"高雄市议会"，都有声音要王建煊"部长"下台，媒体称之为"倒王"，另一方面，是有四五百位大学教授联署签名，拥护王建煊推动土地交易依实际交易价格课税，被称为"拥王"或"护王"。这两方的人马都宣称自己代表"民意"，因此产生很大的争议。

　　如果从"介入易产生偏见"的观点看来，我们宁可相信大学教授，而不愿相信"民意代表"，原因是大学教授没有权力的介入，他们的主张如果实现，自己也无利可图；"民意代表"之所以对王建煊的主张，有如此大的反弹，那是由于许多人从事土地的炒作，或者是由炒作土地的财团所支持，里面充满了既得利益，延伸的观点也就充满了偏见，而"民意"只是他们维护利益的借口罢了。

　　其实，王建煊主张依实际交易价格课征土地增值税是天经地义的事，一则社会上所有交易之课税全是依交易价格，这是最公平的，土地作为可交易的东西，自不能例外；二则，公告地价变化慢、弹性小，往往跟不上交易价格；三则，各地土地的公告价，同一区域往往相近，交易价的变化却很大，最能反映土地真正的价值。

我们小市民最纳闷的是，我们买卖东西依交易课税，为什么土地就要以公告课税呢？像作家写文章，也是以稿费课税，如果有另外一个"公告稿费"，那不是很奇怪的事吗？

何况我们大多数人，一生能有几次买卖土地的经验呢？对于缴税有什么可怕？会害怕这个法案的只有一种人，就是利用买卖土地来牟利的人，土地在他们的手中进进出出，缴的税很少，赚的暴利很多，当然会想尽方法来阻止了。可是我们想想，被这些以土地牟利的人炒作的结果，已经民不聊生了，大部分受薪阶级一生都难以买得起一间小屋，更别说是土地了。

这样想来，要不要支持王"部长"，"民意"不是很清楚了吗？

我们这个社会，近几年来颇受财富集中之害，富者愈富，贫者恒贫，时日一久，社会必然会走向两极化，升斗小民为五坪屋而折腰，豪门暴户却拥地百户，每天早上都蹲在黄金的马桶上解大便哩！

更令人忧心的是，社会两极化之后，"民意代表"由大多数在"南极"的人民选出来，却跑到"北极"去向财阀靠拢，勇于私利、怯于公义，这才是社会最可悲的地方。

如果王"部长"最终竟被逼下台，将会立下最坏的榜样，以后有骨气、有担当、勇于任事的官员，谁还肯挺直脊梁、无畏无惧地做事呢？

陪郎客摇来摇去

政治人物的底线是人民的利益、社会的公益、无
愧的人格与良知，

这条底线，

正是"政客"与"政治家"的分野，

是"舞女"与"立委"的分界线。

台大社会系教授丁庭宇在一个座谈会上说了一个实在的例
子，中部地区有一位富商半夜和朋友喝酒时夸口，他随时可以
叫那些"民意代表"来陪酒。朋友不相信，富商随即拨通了电
话，几分钟以后，"民意代表"纷纷赶来陪酒，证明了他的话没
错。丁庭宇说："工商界为保障自己的利益，包一个'立委'跟

包一个舞女没有两样。"

现任"立委"蔡璧煌也参加这个座谈会，证明这种情形是存在的。

读到这样的新闻让人心惊，平常那些盛气凌人、动不动就"三字经"出口、拳脚相加，仿佛是在为真理拼命的人，竟是给人"包饲"的呢！平常口口声声站在民众与公义这一边的"立委"，很可能是半夜应召去陪富商喝酒的人呢！怪不得每次有什么"法案"牵涉财团和商人的利益，许多"立委"就急得揭下面纱，和他的"舞客"翩翩起舞呢！

商人介入政治，几乎是民主政治的"必要之恶"，日本、美国都不能免。最近日本民众经常在自民党大佬金丸信家门口示威抗议，甚至与警察推挤，原因是金丸信接受了佐川急便公司四百万美元的政治献金，未向政府申报，纳入了私囊。根据日本《政治资金规正法》的规定，政治人物接受献金超过八千美元即须申报，民众正用示威抗议的手段逼迫金丸信辞去国会议员的职务。

可见，政治与财团挂钩是全世界都不可避免的，这是基于"供需法则"，政治人物需要庞大的财力来竞选，财团则需要在法案审查时保卫自己的利益，他们的结合是很自然的事。

但是政治人物如果完全屈从于财团，或者由财团掌控政治大势，或者整个政府成为大财团，势必会使一个国家特权横行、失去公义，也将会使一个社会贫富悬殊、人心不平，最后导致民不聊生的地步。从前的越南，如今的菲律宾都是活生生的例子。

这次国民党的"立法委员"提名，引起了反弹，原因是在于提名了好多位财产百亿以上的财团第二代，未被提名的李胜峰就指出，国民党政权显然已陷入"财团化"的危机。他说："只要有钱就不必担心不被提名，没被提名的都是那些没钱的人。国民党这次提名许多年轻人，都是因为他们背后有个好爸爸，这些人自己有什么地方堪为'立法委员'？"

李胜峰未被提名，情绪激动，是可以理解的，但是他的话并非无端，也是许多小市民的心声，值得思考:假如一整个"立法院"都是财团的少东或财团掌控的人，政治必成酱缸，前景可忧。

我觉得，政客与财团挂钩既是不可避免，但应有一个底线，这底线就是人民的利益、社会的公义、问心无愧的人格与良知。这一条最后的底线是不是被突破，正是"政客"与"政治家"的分野，是"舞女"与"立委"的分界线。因为，"国会议员"虽然接受财团捐献，他到底还是人民选出来的，人民利益应该在财团利益之上。

　　即使是财团的少东或代表从事了政治，底线还是在的，那是由于当一个社会有健全的发展时，财团才有前途，自私自利的财团绝对不会有好下场的。

　　我们这个社会的悲哀，并不在政客与财团挂钩，而是没有良知的底线加上过度的政治化。最近有一个痛心的例子，是新竹"今夜卡拉OK"火灾，烧死十三人。这家卡拉OK从开幕就是违规营业，"县政府"、警察局、消防队都知道，因为它未办营利事业登记、它未设籍缴税、它的消防安全设施不足……无一是处。

　　现在死了这么多人，责任追究到"县政府"，你猜猜"县政府主任秘书"和"建设局长"怎么说？他们说："未认真稽查取缔，是怕影响'县长'选票！"

　　为了选票，可以草菅人命，不顾职责，这就是完全没有底线了。

　　没有底线的政治人物比舞女还不如，许多舞女虽然"陪郎客摇来摇去"，还懂得洁身自爱、有情有义，不是良知完全泯没的人！

台湾"廉政院"

　　如果以看电影的心情看政治新闻，

　　就会发现：

　　虽然主角换来换去，

　　制片导演不同，

　　内容都很接近，

　　全与廉政有关。

　　都说简又新"部长"的运气好，这一阵子钱复到幕前演出，简"部长"暂时到幕后休息，如果运气再好，高速公路十八标工程的内幕可能就会被淡化了。

　　就像前一阵子，运气好的是"台北市长"黄大洲，正在为

64

匈牙利公车不能上路而饱受指责的时候，台上突然换了"十八标"的戏码，可以暂时凉快一阵子。

匈牙利公车当时上台演出，又使什么戏码下档的呢？是民进党的贿选案。本来一般人对民进党寄望很深，即使它的党小、财政困难、人才闹荒，大家总说："至少不会像国民党那么黑！"说不定多几个民进党上政治舞台，可以逼使执政者清廉一点，可如今愿望也破灭了，民进党还不是那么一回事，他们的演出也正如他们常破口大骂的一样。

民进党贿选案所打败的下档戏是"南京东路国泰人寿建地变更案"，这一块应负起土地狂飙责任的建地，本来规定只能盖观光饭店，但七搞八搞却可以盖商业大楼了，"市政府"和商人都异口同声说"一切合法"，究竟有没有合法，也没有详细去追查，那是因为"民进党贿选疑云"正好强档上片，"国泰人寿建地风云"只好下档了。

如果我们带着看电影的心情读政治新闻，那么我们会发现，虽然主角换来换去，上片的时间不同，制片导演不一样，内容都很接近，都是与清廉政治有关系的。

我们闭起眼睛来想，像捷运工程一直在传说的贪污，前一阵子桃园机场的"长荣案"，很少下台的"部长级官员"中，下台的张建邦、萧天赞、徐立德，还有几乎每隔一阵子就会上演的警察贪渎案、邮局和银行公务员卷款案，事无大小，全涉及廉政。有时候我忍不住想：难道我们的政治没有其他的戏码可以演出了吗？

很多年来，我们时常对台湾的治安、社会的混乱感到忧心，但是这些毕竟只是一些"现象"，现象是可以变化的，我们稍稍努力一点，治安就好一点，混乱就平静一点。我更忧心的是政治的不能清廉，因为政治不廉能不是一种"现象"，而是一种"品质"，它是很难改变的。就好比说，台湾电影也有好导演、好演员、好班底，却老是拍不出好电影，原因正在于整个体系没有好品质，久而久之，大家对台湾电影失去信心，这和政治的道理是相同的。

不清廉的政治，没有好品质的官僚体系是社会的乱源，因为不清廉就会官商勾结，经济就不公平；因为不清廉就会徇私舞弊，司法就不公正；因为不清廉就会特权横行，社会就没有公义。不清廉久了，经济、司法、社会都崩溃了，整个国家就没有文化，纵使天天在"总统府"介寿堂拉小提琴，日日在剧院跳芭蕾舞，文明的社会也不可能建立起来。

所以，现今的台湾的问题中最严重的就是廉政，不然我们可以做一个问卷调查，看看人民相信当局清廉的有多大的比率。根据我的私下访谈，比率是不会太高的。对当局清廉的质疑普遍存在，而当局官员又不断演出不清廉的戏码，难道没有人想到彻底地来整顿一下吗？

整顿的方法，第一是所有的"政务官"择期公布自己的财产，澄清"做官好赚钱"的疑虑。"政务官"不是不能公布自己的财产，赵少康不是公布了吗？"政务官"也不是不能有钱，像吴伯雄和连战是富豪，大家都知道，只要钱财清楚，有钱不正好是一个反贪的证明吗？

其次，在台湾成立一个类似香港或新加坡的廉政公署，直属"行政院"或"总统府"（这得先看是"总统制"或"总理制"），它应该比现今的"调查局"范围更广、更专门，只负责当局官员的廉洁，让大家想而生畏，贪污的人也就少了。

我还有一个奇想，目前的"监察院"功能不彰，一直有裁撤之议，说不定可以把"监察院"改成"廉政院"，然后把"调查局"也改制到"廉政院"里，这样独立出来，级数更高，就好像包公的尚方宝剑一样，那么即使"部长级"的官员也无所畏惧，没有颜面的问题了。

如果政治清廉，我们就不必在报纸、电视的新闻一直看相同的戏码，少看一点"政治秀"对身心健康有益，人民也就能过幸福快乐的日子了。

风乎舞雩，咏而归

在狂热的政治气氛中，

一个人要逍遥于天地之间并不容易。

可是政治如果搞到全社会的人都不能逍遥，

也就很可反省了。

　　最近几年，台湾人民关心政治日益深切，报纸上的政治版由原来的两版变成五六版，连一般的副刊和家庭版，也不可免地讨论政治论题，如果遇到重大的政治新闻，几乎整份报纸除了广告，就是政治了。

　　报纸如此，其他媒体也不能例外。电视新闻中几乎有三分之二是政治新闻，在电视新闻里露脸的人，除了抢劫、吸毒、杀人被捕的嫌犯，剩下的就是政治人物了。广播电台在理论上应该影响较小，事实上，新闻网的新闻扣除棒球和政治就没有新闻了，一般的广播电台每小时有五分钟的新闻，五分钟里都是政治。

特别是选举期间，不只媒体如此，巷口、马路、安全岛，都是看板和旗帜，有些想象不到的地方，像公车的车厢、机场的透明幻灯广告、大楼墙外的屏幕墙，也全是政治。

有一次回家，发现家前马路不通（马路不通在台北是常态，不足为怪），怪的是，并不是因为挖路施工，而是马路前后被一位"候选人"围起来发表政见，"候选人"的台子就正搭在马路中央，麦克风声音放到最大，民众虽然很讨厌，却也莫可奈何。

政治是如此重要，这是一点也无可置疑的，但是政治人物在这种气氛之下，免不了会膨胀，不可一世，个个自以为是社会的救星、人民的舵手。再加上媒体推波助澜，"舵手们"更以为政治人物乃是社会中各种人物中最有身价的。事实上，在一个有制度的社会中，政治是重要的，政治人物却不是那样不可或缺。任何一个政治人物下台或死亡，社会都还是要向前发展，舵手也是可更换的——不久前，美国前总统布什的下台不是最好的例子吗？

我们小老百姓虽然很关心政治，但有时看到政治人物的嘴脸是很可厌的；看到媒体扭曲了社会其他的价值，独独歌颂政治，也是很可厌的；看到那些图谋私利的政治人物，是更可厌的。因此，古代的大思想家，像老子、孔子、庄子等等，都关心生命的境界胜过关心政治的实务，甚至认为唯有生命境界的提升，邦国才能有道。

庄子曾说："其嗜欲深者，其天机浅。"我们看到许多嗜欲深重的人在搞政治，内心不能不感到忧虑。忧虑无补于事，遇到这种景况要如何自处呢？老子说："见素抱朴，少私寡欲，绝学无忧。"孔子说："道不行，乘桴浮于海。"这些都显得有点消极，更平衡的是发展多元的价值，开展自由的心灵。

我们可以从古籍中找两个例子：

在《论语》的《先进篇》里记载，有一天孔子和子路、曾皙、冉有、公西华坐在一起聊天，他问起弟子们的志向。

冉有希望治理纵横五六十里或七八十里的小国家。

公西华希望做祭仪上的小司仪。

子路希望能把有一千辆兵车正陷于灾荒的国家治理好，使人民勇敢好义。

只有曾皙坐在一旁弹琴瑟，他放下琴瑟，站起来说：

"莫春者，春服既成，冠者五六人，童子六七人，浴乎沂，风乎舞雩，咏而归。"

——暮春时节，穿上轻松的春装，约青年五六人、少年六七人，一起到沂水中沐浴，在舞雩坛上吹着春风，然后唱着歌回家。

孔子叹着气说："我赞赏曾皙的志向。"

曾皙的志向就是一种自由的心灵，那是超乎一切政治，甚至功利之上的。

另外一个例子，是庄子的《逍遥游》，讲的就是无拘无束、自由自在、行动自如的境界。他表达了一个人如果能摆脱世俗的束缚，就能进入绝对的自由之中。他的文字优美、思想开阔，我觉得是中国最早，把自由逍遥的心灵讲得最透彻的。

他讲自由的心应该像大鹏的翅膀，"其翼若垂天之云"。他御风而飞翔，"背负青天而莫之夭阏者"。（背负青天没有任何东西可以阻拦）他顺应天地的法则，驾驭六气的变化，遨游在无穷的境界之中，这样的人还要依赖什么呢?

所以庄子说："至人无己，神人无功，圣人无名。"

在狂热的政治气氛中，一个人要逍遥遨游于天地之间并不容易，可是政治如果搞到一个社会的人都不能逍遥，也就很可反省了。

但愿我们的社会能走向更多元发展之路，有更多的人渴望

"风乎舞雩，咏而归"；有更多的人以垂天之翼飞翔于青天之上；有更多人的心像艺术家；有更多的人不贪恋于权位……因为，一个社会里的人，如果心都像政客一样，那就非常非常可哀痛了。

牛肉汁时代

这是个"牛肉汁时代",

许多人拼命追逐外在事物,

献出了大部分青春。

不幸的是,

外在事物往往是短暂的、不能确立真实价值的。

朋友告诉我一个笑话:

一个贵妇去找一位知名的画家作画,并且谈好条件,这张画像一定要她家里的狗喜欢才付钱。

画家一口答应,但是向她要了双倍的价钱,理由是:"画到连狗都喜欢,那是非常艰难的。"

画像终于完成了。当画送到的时候，贵夫人的狗立刻飞奔而至，状甚愉快，热情地舔着画像上主人的脸颊。那位贵夫人和她的狗一样兴奋，付了双倍的价钱给画家。

这件事情传开了，许多学艺术的人都非常佩服，纷纷向他请教，如何画一幅让狗看了也那么感动的画。

画家说："没什么呀！我只是在她脸上的颜料部分，涂了一点牛肉汁。"

这个故事很值得深思。一般人欣赏艺术品通常停在外表的层次，例如一幅画像不像，例如一幅画可以卖多少钱，导致那些好卖的艺术品不一定很感人，或很有创作力，只不过是在颜料里调了一点牛肉汁吧！

我们这个时代，由于外在的可炫惑的事物太多，可以说是一个"牛肉汁时代"，许多人拼命追逐外在事物，献出了大部分青春，不幸的是，外在事物时常是很短暂的、不永恒的，不能确立人生真实价值的。

我并不排斥人对表面事物的追逐，例如更有权位、住更大的房子、开更高级的汽车、穿更好的衣服、在更昂贵的饭店吃饭，因为这是人之常情，也是一个社会进展的动力。但是我很担心，太少的人做内在的沉思与开发，对文化与品质的发展是很不利的。

人之所以异于禽兽，是他有一个广大的灵性世界，也可以说是人独有的品质。一个人活在世间，在作为人的独有品质的开发，至少应该花费和外在的、物质的追求相同的时间。如果一个人花在灵性思维上的时间很少，他的身心就接近禽兽了。

特别是九十年代以后的人类，花费很少的时间就可以温饱了，大部分的追逐都只是欲望的展现。但是人生不仅如此，只是由于内在品质不像外在的物质易于被发现、易于衡量，大家就忽视了。

禅宗里有一个公案，说有一个弟子非常崇拜赵州禅师，于是为赵州画了一幅画像，有一天拿给赵州看，问道："师父，您看这幅画像不像您？"

赵州说："如果不像，你就把画烧了。"

停了一下，赵州又说："如果像我，你就杀了我吧！"

弟子只好把画像烧了。

这个公案的意思是，表面的事物是无法取代内心世界的。我们在物质的堆砌，所塑造的是我们的画像，而不是真实的"我"，真实的"我"唯有在夜半扪心，花时间来反复思维才会显现。

真实的我，不是脸上涂满颜色的我。

真实的我，不是穿着流行时装的我。

真实的我，不是在街头奔赴名利的我。

真实的我，不是那个表面华丽、内心空虚的我。

"那么，真实的我要去何处寻？"

"你问我，我问谁呢？我找自己的时间都不够用了呀！"

"拜托，给一个简单的提示！"

"好！给你一个简单的提示，如果你花多少时间在穿衣、打扮、美容、工作、追逐上，就花相同的时间来读书、思考、静心、放松，真实的我就会出来与你相见了。均衡一下嘛，广告不是这么说的吗？"

"这么简单，我回去就试试！"

"咦？你脸上怎么有牛肉汁？"

"呀，哪里？"

"哈，除了均衡一下，轻松一下嘛！"

教育的浊水溪

教育搞到十几岁的孩子，

天未亮就出门，

半夜才回家，

根本看不到天上的太阳，

这还不够惨绿、不够黑暗吗?

一位朋友在"编译馆"上班，告诉我一个笑话。

他每天上班的时候，坐上计程车，告诉司机"编译馆"。然后闭目休息，睁开眼睛时，计程车往往是停在殡仪馆的门口。

这个笑话，每回想起来都使我感到心酸，它似乎象征我们

77

的教科书是死气沉沉的，也因为教科书的僵化，使整个教育几乎失去弹性。

不久前，"台北市议员"李逸洋指出，目前的教科书对台湾本土的介绍太少，并当场出了一道"浊水溪流经几个县市"的考题要教育官员作答，结果"教育局""科长级"以上的官员竟没有一个人可以作答。

这也显示出，即使是教育的官员，向来也是不读教科书的。

教科书所牵涉到的问题很多，例如教科书给人的印象是枯燥乏味，很少有学生读教科书读到爱不释手的。我想这并不是编教科书的人没有能力编好教科书，而是在动机上认为教科书就是严肃的，需要板起脸孔才像教科书，久而久之，它成为一个传统了，即使非常有创见的人进到"编译馆"，也立刻显现出夫子相。

我认为教科书过分严肃的传统，已经不适合现代社会，甚至教材也不一定要统一。如果有许多种教材可供选择，有所竞争，在内容上一定可以有所创新，编出更好的东西。

要改变教科书的内容可能是艰难的，但是改变编排印刷应该不难。以目前的教科书为例，从封面、排版，甚至美术设计，都给人保守老旧之感，现在的学生经常在书店出入，也都有钱买课外书，比较起来，很容易就对教科书感到失望。难道发行量如此之广、财力如此雄厚的教科书，请不到最好的美术设计吗？非也！那是由于主事者认为教科书就要灰色一些、古板一些。值得思考的是，如果教科书很有美感，难道不是最好的教育吗？

我们的教科书不符合要求、不完整，还可以自反面来看，由于学校和老师、家长都对教科书没信心，乃使补习教育盛行，不管是就读小学、"国中"、高中都盛行补习，补习班林立。"教育部长"毛高文时常强调"只要读教科书就够了"，事实证明，大家对这个说法是有疑虑的。

如果教科书编得够好、够活泼，学生根本不需要去补习。如果各级教师对教科书的信心够强，考试的范围就不会偏离教科书，学生也就不会饱受折磨了。

补习教育的泛滥，使许多学生天未亮就出门，半夜才回到家里，根本没有时间看见天上的太阳。教育搞到十几岁的孩子都没有时间看太阳，那还不够惨绿、不够黑暗吗？

当然，补习教育是源自于升学主义，但是如果有很好的教科书，考试的范围不离教科书，只要在课堂上把书读好就能考上好学校，无形中就会根绝补习的教育。因此，优良的教科书编纂，乃是教育的第一步。我们可以做一些问卷调查，请老师、家长、学生看看对教科书的满意度，来看看我们的教科书是不是优良，作为改革的参考。

多年以来，我对教科书一直有两个疑惑：一是真的编不出好的教科书吗？那些编纂的人都做些什么工作呢？二是新思想、现代感，与社会脉动的事物很少在教材中反映，是编纂的人不关心社会呢，还是管道淤塞，新的人才无法被吸收到体系之中呢？

今天的教育问题千头万绪，可能难以理出一个改革的总纲，但是教科书是最明显、最容易做的事，我们何不就从教科书开始着手，让它有一个新面目！不要让"编译馆"成为教育的"殡仪馆"才好！

我们的教育需要一些清水来灌溉，不要永远做浊水溪。

文化艳星

如果色情明星叫"文化艳星"，

偷画的小偷可以叫"艺术大盗"，

出过书的脱星可以叫"文学波霸"，

这还像话吗？

　　时常看报纸的人会发现，报纸上时常有新的名词，例如最近的一个新名词叫作"文化艳星"，初看的人可能会迷惑，但也很容易理解。

　　且说在香港有一位拍过"三级片"（即色情电影）的"脱星"，最近到台湾来发展，将在餐厅秀中只穿内衣表演。但是虽然这是"如假包换"的脱星，她偶尔也写写文章，甚至也想出一本书，因此把自己的头衔改为"文化艳星"，各家媒体帮着宣传，就称之为"文化艳星"了。

文化有艳星，可以算是奇谭，因为文化与色情本来是矛盾的东西，一者提升人的境界、美化人的心灵，一者鼓励人的欲望、污染人的心灵。从"文化艳星"这个名词看来，也可以知道我们这个社会是非之不明了。

一个资本、重商的社会，通常会偏向于复杂华丽的包装，把本质普通的东西，用华丽的包装来造成物超所值的错觉，来鼓励人的购买欲，甚至让人上当。

譬如说，我们去买了包装非常富丽的茶叶礼盒，其实茶叶通常是三流的，可能茶叶的价值还比不上包装盒；譬如说我们去买月饼，四个月饼卖五百元，那装月饼的铁盒说不定比月饼还贵。

这种过度包装有时会反映在文化中，造成可笑的状况。譬如在文学界，这两年有作者出书，里面却刊登自己的裸照。还有作者出书号称是"台北最帅的男人"，这就是企图用包装来掩人耳目。如果书很难看，登裸照又有什么用呢？如果文章平平，长得帅对一本书又有什么助益呢？

在艺术界，拍卖场的假性狂飙，让人误以为在台湾的画家每一幅画都可以卖百万以上，其实拍卖场叫价一百万的画作，十万就能买到，这也是一种包装的手法。

在唱片界，差不多每个月都有新歌星上场，新歌星最重视的就是包装，唱片公司往往花数百万来包装一个歌星，从服装到造型，从演讲到出书，几乎什么都有了，缺的只是那被包装的帅哥帅妹往往不会唱歌。

在电影界，花重金请来超级巨星拍一场戏，勉强可以算是龙套，因为在戏中的时间不会超过十分钟，但是宣传时却包装成"某某某领衔主演"。

在建筑界，很少有人真正想把房子盖好，但大部分建筑商迷信剪彩和工地秀，大明星十分钟来剪一刀就要两百万，工地秀一场也要数百万。请问，房子盖得好不好，和请什么明星剪彩、演什么工地秀有何关系呢？

重视包装不是坏事，但过度重视包装会造成几个结果：一是义理不明、本末倒置；二是重视形式、轻忽本质；三是欺骗大众、践踏诚信。久而久之，大家不愿在品质上提升，只在外表、形式、仪式上讲究，社会力就为之斫丧了。试想想，穿内衣、演色情而称之为"文化艳星"，文化还有什么准则和天平呢？

文化工作虽是千头万绪，仍是有迹可循的，眼前就有两个明显的例子，例如，电视台和报纸的综艺节目或影剧版几乎是为包装而设立的，可以说是完全被打歌、打电影、打秀的公司包档。同一天，我们可以在三台的每一个综艺节目看到同一个歌星唱同一首歌，而每一家报纸在同一天都介绍同一位"波霸"，这其中，利益交换与罔顾舆论是昭然可见的。

例如，最近琼瑶与平鑫涛宣布，他们拿最高制作费（每集一百二十五万）的可人公司宣布解散，原因正是主管机关重形式轻内容的结果。如果用大陆明星可以在本质上提升电视剧，观众也喜欢，就没有强制处分的道理；如果真的违法，为什么不一开始就禁播呢？非等到戏完全播完了，再来回马一枪吗？

记得去年中秋节的时候，"环保署长"赵少康呼吁大家少买过度包装的月饼，因为只会造成更多的垃圾，造成环境保护的负担。对文化也是如此，过度的包装，只是造成社会的垃圾，增加人心的负担。

这里面，要商人拿出良知，要名副其实是很艰难的，但媒体不能没有良知，不能沦丧为商人的工具，在其中推波助澜，搞出不知所云的"文化艳星"。

如果"文化艳星"的色情可以这么堂皇，那么偷画的小偷我们可以称为"艺术大盗"，出过书的"脱星"也可以叫作"文学波霸"了！这还像话吗？

莫扎特巧克力

哪一天我们可以吃中正巧克力,

可以走白石路,

到大千纪念馆看表演,

这社会的品质就成熟了。

朋友从维也纳回来,送给我一盒莫扎特巧克力,说是听莫扎特音乐时吃起来会特别的香甜。

莫扎特巧克力是为了纪念音乐神童两百周年而制作的,在这个值得纪念的日子里,维也纳生产了一切我们可以想象得到的所有物品,像花瓶、瓷盘、笔记本、巧克力、饼干、运动衫、金币等,至于唱片、CD、录音带、书籍、表演自不在话下。

像莫扎特如此伟大的音乐家，使所有的统治者都相形失色，使我们知道真正对人类心灵影响深远的，是文化与艺术，这才是一个民族文明的指标。

第二天我到高雄去，高雄的朋友带我去文化中心的路上，说到"要走中山路，然后转中正路，再转经国路"，使我立刻怔住了。在全省不管什么城市、什么乡镇，甚至在偏远的山地部落，我们都有"中山路""中正路"，我们都有"中山国小""中正中学"，我们都有"中山公园""中正公园"。

在每一个学校、每一条路标、每一个公园里，我们都有中山与中正的铜像。

在每一个风景优美的地方，都有蒋中正的别墅。

在这么漫长的岁月里，没有人用什么学校、什么公园、什么道路、什么铜像来纪念一个艺术家，纪念真正对人类心灵有深远影响的人。

我不是说到处是"中山"或"中正"或"经国"有什么不好，而是说为什么不腾出一点空间给文化呢？这种政治意识、歌颂意识其实是国民党统治的致命伤，它凸显出四十年来，统治者没有什么人真的重视文化艺术！也凸显出一个民族创造力如何因政治至上而变得萎缩！更显示了威权政治的霸道与僵化！

当欧洲许多国家把艺术家的人像印在钞票上，为对心灵有贡献的文学家塑像的时候；当日本把文学家照片印成邮票与纸币的时候；当西班牙奥运会以米罗、毕加索的画来做民族与国家象征的时候，更使我们感到失落，我们还是走"中山路"，转"中正路"，再转"经国路"，然后去台北"中山纪念馆""中正纪念堂""介寿馆"看艺术表演。

哪一天我们也可以吃"中正巧克力"，可以走"白石路"，到"大千纪念馆"看表演，那时候，这社会的品质就成熟了。

当我们的社会从政治意识转入文化意识，以人文、人本、人道为前导，对创造心灵、艺术心灵有礼敬的态度时，我们才可以说我们是有文化的社会。

卷二

台湾钱淹头壳

有钱是很好的，

有钱而没有气质，

会比贫穷而有气质，

幸福一些。

但是，头壳坏去地追求金钱，

终必要付出惨痛的代价。

    与朋友在阳明山卖野菜的小店吃中饭，隔壁桌的喧哗引起了我们的侧目，走过去了解，才知道他们是在购买加拿大的房屋和土地。

    有一位穿着十分讲究的中年人，拿着一册小书，正在向十几位穿着休闲服的人介绍加拿大的土地，每一笔土地上的房屋的照片，占地多少，种什么树，甚至连四季的景观都有照片。

"这一块多少钱？"

"合台币大概一千三百多万。"

"哦！怎么这样便宜？这一块给我好了，连刚刚种满枫树的那一块，我买两块好了。"

——听起来好像他们是在买一碗碗粿或一块布料似的。

"这样看准吗？"有一位显然有一点疑虑。

"你们信任我，过户以前，我会找人带你们到加拿大看房子，安啦！绝对没有问题。"卖加拿大土地的人说。

我不禁十分感慨，对朋友说："我们吃一顿五百元的中饭，人家已经成交了加拿大的十几笔土地了，每一笔都在千万以上。更可怪的是，那十几位买主都还没有看过加拿大的土地，可能有的还没有去过加拿大呢！"

朋友告诉我另一件事。有一次他和两位朋友决定要合资开出版社，三人正为了到底要投资一百万元或五十万元而伤脑筋，约好在餐厅中详细讨论。

朋友说："我和另一位朋友先到餐厅等另一位，隔壁桌也在谈生意，我竖起耳朵听，他们正在谈一个投资，在考虑要投资一亿或一亿两千万。十分钟以后，他们决定投资一亿两千万。听了这个投资案，我们就决定每人筹出一百万来办出版社。"

在台湾，这些年的变化真大，拥有千万资产的人都快变成贫户了，（谁的房子不是价值千万以上呢？）听到那些"大户"们开口闭口就是上亿的，报纸上的经济新闻也早已以"亿"为单位，甚至什么购买公车"十八亿"，违约交割"九十亿"，听起来仿佛我们这些中等收入的人都是赤贫一样。

听说台湾富豪到瑞士买手表、到荷兰买钻石、到法国买酒、到意大利买服饰的时候，厂商都会"清场"，把一般美国、欧洲观光客请到门外，专供台湾客购买。因为他们买劳力士像买橘子、买钻石像买葡萄、买"路易十三"像买黑面蔡的阳桃汁……那样有钱、那样奢侈，几乎到了快要受人诅咒的地步。

台湾的有钱，早就不只是淹脚目，而是淹头壳了，但是不管怎么样，有钱的人还是少数，大多数还是上班工作维生的。还有许多军公教人员，他们每月只有几万薪资，薪水如果能超过十万的，那就很了不起了。

整个社会如此奢侈，以有钱是尚，导致许多公务员忍不住索贿、贪污、利益输送什么的，"十八标""二十七标"、匈牙利公车、捷运工程，弊案像雨后春笋生出来，使我们小老百姓不禁会问：到底我们还要中几标呢？

从这个趋势看来，贪污已经浮上台面，成为世纪末对台湾最重大的伤害，而其背后是整个社会对钱财的盲目观点，使得连高级官员也迷失了自我，头壳坏去。

不久前，李胜峰和赵少康、郁慕明在筹组"政团"时，赵少康接受记者访问，说到在政治圈里没有百分之百的事，他说："只有一件百分之百的事，我只能说，我不会贪污。"这段话令很多人佩服。但从反面想起来，不贪污是一个公务员的基本条件，有什么可以自豪呢？当不贪污成为自傲时，是不是反映了我们的贪污太普遍了呢？

许多人佩服王建煊、赵少康，因为他们很廉洁，仿佛是什么濒临绝种的珍禽异兽。但是反面一想，廉能是公务员最基本的条件，因为贪污太厉害，竟使我们误以为是什么高贵的品德呢！

贪污做什么呢？还不是为了钱！如果高薪的公务员都受不了钱的诱惑，如何要求低薪的公务员牺牲奉献呢？

如果真的爱钱，就不必做官，应该改行做生意，免得伤害黎民百姓，自己还可以在阳明山买加拿大的土地，多过瘾！否则四百辆公车放在车库锈腐，要怎么向两百万市民交代呢？

有钱是很好的，有钱而没有气质比穷困而有气质，会幸福一些。但是钱财总要问心无愧才好，头壳坏去地追求金钱，终必要付出惨痛的代价——雨后春笋要爆出地面时，谁也挡不住的。

干净的选举

但愿我们在法理上努力，

以严法遏阻贿选，

以理来说服选民，

在年底办一个干净的选举。

去年"国大代表"选举的时候，我从"净化社会基金会"
的朋友处，取得一张贴纸，贴纸上画了一只洁白的手掌从蓝色
的背景伸出来，上面写着："净化选风，我家不卖票。"我把它
贴在家门的正中央。

选举前几天，乡下的朋友来找我，看到贴纸，很纳闷地问
我："你家有票，为什么不卖呢？卖几张票的钱，不无小补呀！"

朋友接着谈起在乡下贿选的严重性，几乎到了没有一位候选人不买票，因为在乡下流行一句话："买票不一定选得上，但是不买票一定落选。"冲着这句话，许多本来财力不雄厚的候选人，也倾家荡产地买票；本来形象清新、年轻有为的候选人，也只有走上贿选一途。因此，光是选一个小小的"国大代表"，花费上亿的金钱竟成为平常的事。

我的乡下朋友虽是知识分子，置身于买票的选举文化中，也只好随俗，并且自己思考出合理的理由，来接受候选人的金钱。

理由之一，金权政治乃民主政治的必要之恶，不只在中国台湾，在欧美日本也很难阻止金权政治。而且有钱人不一定就是坏的政治家，会买票的人是因为选举的现实，与道德没有绝对的关系。

理由之二，是每隔几年一次的选举，透过买票等于是财富的重新分配，台湾的贫富悬殊已经形成难以治疗的病态，选举等于是有钱人拿一些钱送给无钱的人，贫富差距可以透过巨富倾家荡产选举得到一些平衡。

理由之三，只要我们选民保持理性，虽然每一位候选人都拿钱，却选给心目中理想的对象，贿选就无伤大雅了。

我听了觉得很不以为然，因为金权政治如果形成，那么有德有为的贤能之士就难以出头，真正有风骨的人绝不应该在金权中妥协。

其次，贿选绝不能平衡贫富差距，只会拉大贫富悬殊，因为花了上亿金钱进入"国会"的人，不可能没有私心，这一点从"国大代表"的支薪案、"立法委员"审查劳动基准法、银行法的表现就可以理解。不止私心赤裸裸地暴露，也为财团护航、为选举铺路，政治资源在这些人手中，只会富者愈富、贫者日贫，财富绝不能重新分配。

最后，也是一般人都有的观念，"钱照拿，票不投给他"，这是最乡愿的想法，其结果是致使选上的候选人会误以为买票有效，下次不敢不买；落选的候选人则不会检讨自己的条件或德行，会误以为用的金钱不够，下次要选一定要提高价码。使贿选永难根除，纵是最清廉的人投入选举，也只好"下海"了。

我的乡下朋友离开的时候说："现在的选举大概只有台北市不贿选才选得上，因为台北市民的素质比较高，而且比较没有地域、派系、人情的包袱，在我们乡下还是不行，人家买票，我不收会得罪人的，你知道吗？"

转眼之间，"国大代表"选举已经过了一年，他们在争取自己私利的恶行恶状，台湾所有的人都看见了，只是怨而不言。现在又到了"立法委员"选举，学者们又开始担心，最近纷纷举行座谈会，希望这一次能办一个干净的选举。

干净的选举，从法理上说，在法上应该严查贿选，使贿选者绳之以法。政大的薄庆玖教授说："仅涉及一二人的无头凶案都可以侦破，涉及千万人的贿选却查不出来，根本是非不能也，是不为也。"历年来，人人知道有贿选，却抓不到，原因是什么呢？如果贿选者无所遁形，自有遏阻作用。

从理上说，应让大家知道，贿选是政治弊端的重要来源，因为贿选的庞大经费涉及政治投资，就不得不与财团挂钩，然后就会有贪污、特权、利益输送，整个政治就会乌烟瘴气，最大的受害者就是投票的选民。了解这一点，每一票都是"神圣的一票"，也是"公理与正义的一票"呀！

但愿这几个月，社会上有影响力的人士多在这两方面着力，使"净化选风，我家不卖票"不只挂在门上，也贴在心上。

我们实在太需要一些有良知、无私心、肯奉献、不营谋的"立法委员"了！

施工中

在台北的司机如果学禅，

几年后都会开悟。

因为每次堵车，

最少是一炷香的时间。

台北市最有名的人是谁?

我想很少人猜得到，他的名字叫"工中"，姓"施"。

这位"施工中"先生，近几年占据了台北的每条大街，几乎所有的街道都有他的姓名，而且只要有他在的地方一定寸步难行、举步维艰。

生活在台北的艰难，大概是居住在其他城市里的人所难以想象。每天出门之前都要深呼吸，来平衡自己即将接受的情绪挑战。但是即使做了最好的心理准备，出门时还是会有许多意外的状况。

这些意外的情况，例如本来我们知道某条路一定会塞车，但改走那一向不塞车的马路，也塞车了。

例如我们知道尖峰时间不出门，但选择在离峰的时间出门，比尖峰的时间堵得更久。

例如双线道变成了单行道。

例如某段马路突然封闭了。

例如某路上的公车突然改成三站只停一站了。

例如马路边与骑楼都被封闭，行人只能走在快车道上。

然后我们会听到公车司机抱怨，平常他从西区到东区，再开回西区大概是一个小时的时间，现在可能是下午三点从西区出来，晚上七点才能回到西区总站，他说："真比走路还慢。"

然后我们会听到计程车司机说，一个小时只收到六十元。

"为什么只收到六十元呢？"你问。

他说："每停五分钟跳表五元，六十分钟都不能动，正好跳六十元。"

然后我们会听到学禅的朋友说："在台北的司机如果学禅，几年后所有的人都开悟了！"

"为什么呢？"

"因为每次堵车，最少是一炷香的时间，一天如果堵车三次，等于在车里禅定三炷香，几年下来，不开悟也很难了。"

虽然城市的交通如此混乱，由于大家有一个幽微的希望也都能忍受。这幽微的希望是：一切为了捷运系统，等捷运系统挖好，交通也就改善了。

不知道政府有没有在这方面做过民意调查，我自己倒是做过一些，每次坐计程车，我总是问司机先生："你觉得捷运系统做好以后，交通会改善吗？"

答案是千篇一律的："不会！"

原因呢？

原因不出对中国人的民族性没有信心，例如只有两个人过一座桥，如果互不相让，桥也是走不通的。或者对当局的公权力执行没有信心，如果大家不能守规矩，即使汽车会减少，也不可能畅行无阻。或者是现实的观察，不管多少人改乘捷运系统，汽车的总数远大于公路的负担，汽车只会愈来愈多，数量是永远不会减少的，否则汽车厂怎么生存呢？

有一位计程车司机感慨地说："台北的交通是无救了，纵使李登辉做'交通部长'，郝柏村做'台北市长'，也无药医了！"

由于对捷运系统的没有信心，对台北交通的绝望，每回看到"施工中"的牌子就觉得更加讽刺，就像我的一个朋友说的，他读小学一年级的儿子总是把"施工中"念成"拖工中"，老是纠正不过来。

我们对这个城市的交通没有信心，是来自对其他社会现象的没有信心吧！

像是我们可能一个月只赚两万块的薪水，却住在市价一坪卅万的房子里；像是市场里的高丽菜本来一个一百多元，"行政院长"说了一句话，第二天突然变成二十元；像是台北的化妆品价格竟然是纽约的三倍，服装则是香港的两倍。像是医生、律师缴的所得税竟比一个小职员还低；像是从不缴税的地摊业者，一个月有卅万元的收入；像是写了一百本书的畅销书作家过世竟然身无分文，而富豪遗族欠缴的遗产税就超过十八亿；像是……

我们只要有眼睛，俯拾皆是社会的混乱、公权力的丧失、经济与政治的病症，所以台北不只是交通混乱和堵塞，在许多管道上都是混乱和堵塞的。

对于交通的不良，我们在看到"施工中"时，还有一丝幽微的希望，但对于社会的病象，我们是不是也该施工呢？谁来施工呢？

如果不能从社会整体"施工中"，交通是绝对不会单独好起来的呀！

在雾里生活

真正生活在雾里的，

可能不是明星，

而是记者。

儿子带着一张报纸冲进来说："爸爸，林青霞听说也有暗恋着的人呢！"接着他读一段报纸的记载："林青霞表示和秦汉是很要好的朋友，可能是一辈子的朋友，但不一定会结婚，言下之意林青霞的婚姻也可能生变。"

"林青霞暗恋的对象是谁呢？"我问道。

"报纸上说她欲言又止，说现在还不宜公开。"儿子说。

儿子把报纸递给我看，这一则新闻是报纸头版的大新闻，后面还有括号说："详情请见第 × 版"，翻过去竟然有整整半个版，隔版有一个半版的广告，原来是林青霞的新片要上演了，记者硬是制造出来的新闻。这在大人眼中不足为奇，对小孩子可就是奇事了。

"爸，为什么每次有电影要上演，电影明星就会谈恋爱呢？"

"哦，那不是电影明星在谈恋爱，而是电影公司和记者在谈恋爱，广告商和报纸在谈恋爱，因为那些都是广告呢！如果不这样，你们这些傻瓜怎么会去看电影。不只电影哩！电视剧要推出前，就有电视演员会谈恋爱，甚至自杀或出车祸获救，自杀的原因可能是角色的压力太大，过于投入的关系；车祸的原因可能是日夜拍戏，用心过度的关系。可见那电视剧有多么高难度、多么好看了。唱片要推出前，通常就是歌星抛弃男朋友或被男朋友抛弃，原因是为了把歌唱好，几个月没有和男友见面了，可见牺牲有多大，当然，那歌一定是好听的了。"我向孩子解释了影剧界的人怎么样做广告的方法。

孩子说："爸，您怎么会这么清楚？"

"别忘了，爸爸以前是新闻记者哩！"

"我懂了！"然后，孩子就跑出去玩了。

我坐在书桌前面，想到广告或广告手法在这个时代、这个社会是必要的，可是如果媒体传播成为广告的附庸，那实在是非常可悲的事。因为一般在媒体上的广告，是以广告形式出现，阅听者还可以有理性地选择，可是当媒体成为广告的附庸，记者成为广告公司的文案，（甚至是企划、创意、兼 AE），往往使阅听者心里没有防线，"广告新闻化"，媒体的公信力和记者的公正形象，久而久之就被破坏无遗了。

特别是在这样的时代，广告不再是"广而告之"，通常是夸大而煽情的，再夹着强大的"利益输送"和"议价空间"，媒体如果不能善尽良知做把关的工作，就会像丢在信箱的广告纸，没人要看了。

以演艺人员为例，如果我们想透过媒体了解他们，我们会以为他们是生活在雾里的人，或者说是外星球的人。他们喜欢穿比基尼泳装，却很少有人会游泳；他们追逐名车华宅，不是这个买了新车，就是那个在装修新家；他们都养宠物，比谁的宠物名贵；他们都谈很多次恋爱，情人却十分秘密，全叫作"公子"；他们都在不断地换衣服，听说有人一辈子天天穿不同的衣服……为什么媒体传达的是这种形象呢？这是"新闻广告化"的结果。

有时候想来，记者若不能脱离广告，实在是可悯的行业，例如梁家辉和珍·玛奇演了一部《情人》，床戏很多，甚为逼真。

电影上演前，记者用半个版推测哪些床戏都是真的。

电影上演中，记者再用半个版讨论床戏可能是真的、可能是假的。

电影下档前，记者又用全版报道梁家辉郑重否认床戏是真的，因为他是很重视家庭的人。

电影终于下档，记者还是以半个版刊登法国少女珍·玛奇的证言，她说："我对梁家辉没有情欲，怎么可能来真的？"

哇！读这种报纸还可以神志清明，足可媲美爱因斯坦的智慧了。

真正活在雾里的，可能不是明星，而是记者。

可怜天下父母心

可怜天下父母心，

让我们在寻找失踪儿童的同时，

为儿童保护、儿童福利做一些更深入的事情吧！

近几个月，几乎整个社会都在寻找小孩。多家报纸天天刊登半版的"寻找失踪儿童"的启事，三家电视台除了新闻节目不断跟踪报导，还刊登广告，有几家的孩子通过这个管道已经寻获。

读到这个消息，令人感到欣慰，特别是想到报纸的广告半版平常要卖十几万，电视广告一秒钟卖三千三，拿来刊登"寻找失踪儿童"确是公益之举。但是，更深入地想一想，有很多儿童失踪十几二十年了，为什么这样长的时间没有人去关注呢？我们的社会真的已经尽到保护儿童的责任吗？

从失踪儿童的系列报导中，我们会发现，儿童并不会平白无故地走失，通常是被大人抱走，那么，被抱走的儿童去了哪里？那抱走儿童的成人是不是职业性的？掳走儿童的大人是在绑架勒索吗？可是有的儿童一旦失踪就毫无消息，有的儿童只有三四岁，根本不知道父母的电话或姓名，所以大部分人的动机不是绑架勒索。

比较可能的是贩卖人口，儿童失踪的频率如此之高，显然台湾存在着贩卖人口的集团，把儿童像商品一样出售，甚至卖到国外也是极有可能的。前一阵子找到的两名失踪儿童，他们都是在北部失踪，在南部被找到，印证了这种推测。试想一想，四五岁的幼儿怎么可能独自一个人坐车到高雄或台南呢？一定是人口贩子把他们带到南部，没有成交，随地弃置了。

儿童被当成商品出售，卖不出去则当东西丢掉，任何有子女的父母一想到恐怕都要心肝碎裂。一想到我们这个社会竟存在着出售儿童牟利的人，不禁感到义愤填膺，只要有这样的人存在，社会就永难安宁，因此，在大家热切寻找失踪儿童的同时，更迫切的是寻找抱走孩子的人，因为他们可能是职业性的。

要防止儿童失踪，全社会的人都应该来珍爱儿童，并且更深切地体会那些孩子失踪的父母的心情，共同预防身边的儿童失踪。

我的孩子在四岁的时候曾走失过一次。当时我们在万华的龙山寺看元宵花灯，因为人潮拥挤，一闪神，孩子就不见了，三个多小时后才在庙祝那里找到，原来是被好心人带到了寺庙的管理处了。

我永远记得当时自己仓皇失措、奔走呼号的样子，有时想到可能孩子就那样失去了，还会吓出一身冷汗。我到现在都感激那位不知姓名与容貌的捡到我孩子的人。

将心比心，但愿那些掳走别人孩子的成人，能终止带走别人的孩子。你们也是有孩子的父母，想到失去父母的孩子的悲惨命运，想到失去子女的父母那悲戚的容颜，又情何以堪呢？

其实，我们这个社会对儿童未善尽保护之责，不仅表现在失踪儿童这一点上，像前一阵子儿童被虐待、被强暴的事件时有所闻，像一直是社会沉疴的雏妓现象，都显现出社会上的大人那种粗野、暴力、鄙俗的质量。

我们确实应在保护儿童上更加用心用力才行。

有一次，我到一家大学的医学院演讲，和几位医学系的同学聊天，他们都告诉我以后要选小儿科，我听了大感敬佩，说："你们能为儿童奉献实在太好了。"

没想到其中一位同学说："林老师，你不知道，当小儿科医生在台湾是最好的，因为台湾小孩没有公保、劳保、农保，可以说没有任何保险，完全不必缴税，很赚钱呢！"

那些福利工作做得好的国家和地区，恐怕很难想象，中国台湾的小孩子竟然没有任何保险，这也反映出在我们的社会孩子是多么不受重视。

可怜天下父母心，让我们在寻找失踪儿童的同时，为儿童保护、儿童福利做一些更深入的事情吧！

蓝天与黄土地

但愿有一天,

我们抬头挺胸的时候,

全天下都是黄的。

当蒙古族歌手腾格尔背对着观众,拔高声音唱出"八千里路云和月",声音仿佛要穿过台北社教馆的屋顶,冲上天空。然后,他转过身来深深一鞠躬,赢得了最热烈的掌声,因为眼前这一位留着长发、蓄大胡子、穿牛仔装的青年不仅来自蒙古,并且是四十年来第一位来台湾演唱访问的大陆歌手。

对于腾格尔,台湾的听众应该不陌生,因为他的唱片早就在台湾发行,销售的口碑非常好,他为电视节目《八千里路云和月》唱的片头片尾曲，只有短短一句，但声音却像在青青草原上盘桓的苍鹰，在天际漂流。

我们很难形容腾格尔的歌声，他的歌声深沉、辽阔，带着沧桑和悲哀，有一种朴实和深厚，真的就像站在蒙古草原上极目四望一样。记得他的唱片上这样形容：

> 他的音色宽广而富于变化，歌声高亢、豪放、深沉、悠远，充满着一种绝对男子的阳刚之美。

是呀！那最动人的是阳刚之美。近些年来，世界歌坛流行"中性""无性"，乃至"变性"，不论男女，歌声都是棉花糖一样软绵绵的，听起来十分蓬松，滋味却只有一点点，阳刚的歌手已经百无一见了，腾格尔的歌最动人的是那种旱地拔葱的男子气，雄浑、壮阔、震撼人心。

除此之外，腾格尔的歌声感人的是他与土地自然之情，他甚少唱情歌，像一九八七年五月兴安岭大火，烧掉了兴安镇，他写了一首《我的兴安岭》，就表达了一位蒙古青年珍视故乡的悲情。这一次来台湾，他唱的大部分歌曲全与故乡有关，像《苍狼大地》《你和太阳一同升起》《我热恋的故乡》《唱给黄河听》《红高粱》《黄就是黄》等等。比较起来，我们在台湾的歌手,唱情歌好像唱得太多了。

"腾格尔"这三个字听说是蒙古语"蓝天"的意思,我们听他的歌,很容易就联想到黄土地、绿草原、蔚蓝的天、滔滔的江水。他在演唱会上接受陶晓青的访问,说他自己爱写大自然的歌,爱唱大自然的歌,因为大自然中有丰沛的力量和感情。

在大陆歌手第一场台湾演唱会上,腾格尔以他丰沛的感情和高亢的歌声打动了现场的观众,可以说为两岸文化艺术的交流打了一个很好的基础。

腾格尔的歌是唱得很好,观众也很热情,但由于筹备时间仓促,这次的演唱会还有一些缺失,例如现场的配乐音响过于巨大,根本就听不见主唱者的歌声;例如整个企划仿佛是青少年的热门音乐会,现场的听众却以中年人居多,显得格格不入。

再者,因为大陆艺术家来台演出,不可为盈利售票,导致想听的人买不到票,拿到票的可能不想听。一直到开场时还有三分之一的空位,而外面却大排长龙,与上次杨丽萍来跳舞时的情况如出一辙。其实,不盈利也很容易解决,把售票的收入全捐给海峡交流基金会不就解决了吗?

演唱会的最后,腾格尔唱了他的最近作品《黄就是黄》。他说:"人活在世界上,难免有挫折和痛苦,但是当我们看见黄土地依旧时,就得到了安慰。但愿有一天,我们抬头挺胸的时候，全天下都是黄色的。"然后他拿着一面黄色的旗帜，唱着一句重复的歌词："黄就是黄……"

我看着腾格尔唱的《黄就是黄》，大陆歌手在台北的社教馆卖力地演唱，台湾的观众热烈地鼓掌欢呼，要让全天下都是黄的，如果中国人不互助互爱，可能还是非常遥远的。

演唱会完了，我在社教馆叫不到车，漫步走回家，一边走一边想着：蓝天与黄土地依旧，但是中国统一似乎还有很长的路要走！

快打旋风

电动玩具只是玩具，

它并无善恶，

若能善加利用，

对孩子的教育、思想的引导，

可能也有正面的功能。

有一个朋友，看他的孩子沉迷于电动玩具，感到非常不能
理解："每天对着小小的屏幕，重复着相同的游戏，究竟有什么
意思呢？"

有一天，孩子睡觉了，他的工作也告一段落，就把孩子的
电动玩具拿出来打。不打还好，一打大为吃惊："原来电动玩具

这么好玩！"接着，他从晚上打到深夜，深夜打到凌晨，凌晨打到黎明，一直到小孩要上学才停止。这时发现自己的手不能动了，而且疼痛不堪，送小孩上学后，直接到医院检查。

医生开出的诊断是：肌肉操劳过度，导致僵硬，手腕由于用力过猛，骨头裂开，必须开刀矫治。

朋友的手，一个月以后才复原。他的孩子知道了，怪他说："爸爸，你要学电动玩具也不叫我教你，打电动不必那么紧张和用力呀！"

现在朋友的电动玩具打得不错了，时常和自己的儿子对打，有什么新的卡带上市，他都会带孩子一起去试打、挑选。从前因为孩子打电动而造成父子关系紧张的状况一扫而空，从此，父子俩过着幸福快乐的日子。

另一位朋友也为孩子打电动烦恼，却又不能禁止孩子打电动，因为电动玩具是无所不在的。

于是，他每次只给孩子二十元，一次只让打三十分钟。孩子总是哭丧着脸哀求："爸爸，现在最流行的'快打旋风'，一场只有九十九秒，二十元怎么能打三十分钟呢？"

孩子每天做完功课，最渴求的就是出去打电动，弄得父母苦恼不已。

有一天，朋友发了狠，陪孩子到电动玩具店看看，自此迷上了"快打旋风"。每天下班回家，吃完晚饭，他们就急着去打电动，妻子规定：一次只能给一百元，一小时之内回家。

他总是哭丧着脸哀求："太太，'快打旋风'一场只有九十九秒，一百元怎么能打一小时呢？"

这两个故事都是真实的，没有打过电动玩具的大人很难理解，为什么小孩子会沉迷。其实，沉迷于电玩的大人不会比小孩子少。

有一天我路过一个巷道，看到几家电动玩具店都开在一处，信步走进去看看，发现满屋子都是大人，孩子反而很少，其中有两家店里面只摆着一种电玩，就是目前最流行的"快打旋风"。

"快打旋风"是日本的超级任天堂，也是目前电动玩具店的"发烧卡"，已经在全世界为任天堂带来数亿美金的收入。

最近，任天堂发行"快打旋风"的家庭卡带，定价为一千多元的卡带由于限量发行，在黑市竟然卖到三四千元，加上超级任天堂的主机和阿波罗摇杆，一套电玩的价钱超过一万元。更厉害的是，日本人出版发行了许多《快打旋风特辑》《快打旋风必杀技》等书籍，印刷精美，内容丰富，有的读起来就像科幻小说一样。这些书籍都有中文版，已经成为中小学生最流行的课外书。

　　光是一卡"快打旋风"就席卷全世界，带来庞大的商业与文化利益，整个电玩事业之惊人可想而知。

　　电动玩具虽是小道，却已经是现代生活中大有影响的事物，我们从满街的电玩店，处处卖卡带的摊子可以看出来，是不是我们也愿意花更大的心思来关心思考它在生活、文化的影响，给它一个更好的空间。

　　例如在各级学校的体育室旁设一个娱乐室，让学生用正当的态度打电玩，一方面说不定可以增加学校的经费，一方面从电玩的整个背景，来看商业的运作，社会的背景。最后从电玩设计引导学生学习计算机及程序设计，也算是很好的计算机教学。

　　电动玩具只是玩具，它并无善恶，但人有善恶，环境有好坏，若能善加利用，对于孩子的教育、思想的引导，可能也有正面的功能。

　　所以，我劝那些无端反对电动玩具的老师和家长，何不亲自下场，试试"快打旋风"的魅力？只有这样才会理解为什么我们的孩子沉迷于电动玩具，而来引导他们呀！

红唇族

> 槟榔成为大事业，
>
> 对个人健康和社会环境，
>
> 都有很大的反面作用，
>
> 值得思考。

有一个行业蔓延得很厉害，是一般人可能不注意的，这个行业就是槟榔业。从大城到小镇，以及在全省的各省级道路旁，几乎走几步路就是一家槟榔摊，比公共电话亭还多得多，有几家规模大的，已成为连锁商店，又是二十四小时营业，已经形成槟榔的"7-11超商"。

槟榔摊出售的东西只有三种，第一当然是槟榔，第二是香烟，第三是饮料和口服液。听说光是卖这三种东西，利润就十分可观，所以槟榔摊愈来愈多，已经到了不可想象的地步。由于摊数多，竞争激烈，在槟榔里加鸦片或安非他命的消息时有耳闻。

槟榔原是台湾文化的一部分。从前居住在台湾南部的人很少不嚼槟榔的，许多农家在田边种植，一则可以防风，二则作为界标，三则每年有自种的槟榔可吃。农人并不知道吃槟榔有害，因此在小的时候就开始吃槟榔。我在小学的时候就常吃槟榔，但我们吃的不是像现在加很多作料，而是吃直接从树上采下来的"莆仔"，有时候夹一片甘草，就吃得津津有味。特别是在冬天的时候，只要吃一粒槟榔就全身暖和，真有提神醒脑之效。

但是，三四十年前吃槟榔不像现在，满街都买得到，有的人一天吃五六十粒。那时只在农闲的时间里吃，一天三五粒就了不起了。像现在这种情形与鸦片已经没有什么两样，有很多司机先生据说如果没有槟榔提神，根本就不敢上路了。

近几年，槟榔的人口大增，槟榔不再是农夫和工人吃的东西，有许多白领阶层或知识分子，甚至连中学生、大学生，乃至医生、护士都嚼槟榔。槟榔的人口大增，摊位也是等比级数跃升，连许多农夫都改种槟榔。

根据"台湾省农林厅"的统计，一九七二年全省的种植面积仅一千六百零七公顷，到一九九二年多达三万九千六百五十九公顷，面积激增了廿三倍之多，这些还不包括种在田边和小路的槟榔。

尽管增高这么多的槟榔产量，奇怪的是永远供不应求，还常常要依赖走私进口，甚至有台商在大陆沿海和海南岛，垦地种植大量槟榔回销台湾。除了槟榔，槟榔心叫"半天笋"，也是近来非常热门的食物。

理论上，产量增加，价格应该下跌才对，可是槟榔的常价是一粒五元，近几年又时常飙涨，一九九一年是八元，一九九二年曾有每粒十元的高价。想一想，一粒槟榔等于一斤米或一斤面条，这是从前的农人不敢想象的。

以这个现象看来，今后槟榔业还会有一片好景，种植面积会增加，槟榔摊会增加，吃食的人也会增加。长远看来，对整个社会都会有深远的影响，槟榔又是百害而无一利的食品，其负面影响是非常可怕的。

从个人健康来说，它会引起口腔癌、食道癌等病变；从环保来看，它的种植会影响山坡地保育，造成山崩与洪水，并缩小森林面积；从卫生来看，它使城市到处都有槟榔汁，可能成为传染病的病媒；从社会观点来看，太多的槟榔摊造成交通的不便、市容的损坏，甚至在整个槟榔交易的数以亿计的市场，当局完全没有税收……

所以，我们不应该小看槟榔这一行业，似乎要发起一个像"拒抽二手烟"的运动，推广槟榔有害的观念，使"红唇族"不再增加，至少让一般青少年不至于成为槟榔的受害人。一起来为社会的洁净而努力。

新加坡政府为了社会的洁净和国家的形象，连口香糖都禁食，也禁止贩售，捉到罚一万坡币（等于十几万台币），口香糖如此，难道我们对槟榔就一点办法也没有吗？

素面相见

买月饼和选贤兴能的道理一样，

平装版比精装豪华版要保险一些，

素面相见比粉墨登场更真实一些。

从美国回来的朋友来看我，带了一罐四两装的茶叶给我。但是那似乎不是普通的茶叶，外面以金色的包装纸密密实实地包着，撕开以后是一个红色的硬纸盒，打开纸盒是一个陶罐，再开陶罐，以一个银色的塑胶袋装着茶叶。

四两的茶叶倒出来，正好可以装满一个马克杯，可是那个装茶叶的纸盒，装四个马克杯都还有余呀！

我们这个时代重视包装，不独中土为然，而是世界性的。

朋友说，在欧洲或日本，包装已经"走火入魔"，人们花在包装
上的钱早已经超过事物本身的价值。

例如买一朵玫瑰花送女朋友，先要把玫瑰花固定在美丽的
金色纸盒上，然后加一条红丝带。

例如要买几块巧克力送人，每一块巧克力都用锡箔纸包
好，然后装进挖洞的铁盒子里，外加精美的包装纸。

例如水果要放在藤篮里，拿出来的时候，发现篮底的水果
早就坏了。

例如几块香皂装在一个大礼盒里，内心充满期待地打开，
却发现只是几块香皂而已。

例如欧洲有些香水公司以大桶卖香水，用盎司计价，消费
者可以先挑自己喜欢的瓶子，再装香水，有些瓶子价格竟在香
水的十倍以上。

这些例子早就不只发生在欧洲、日本，在中国台湾，我们
也天天都会遇到这样的现象，使我们忍不住要思考一个严肃的
问题：过度华丽的包装，如果不能与内容相匹配，是不是正显
示出我们这个时代的虚浮呢？如果住在台湾的人，每人每天用
一个塑胶袋，一天就有两千万个塑胶袋，想来就会不寒而栗，
这就不只是虚浮，也是破坏了。

现在，全世界都掀起了"绿色包装"的风潮，即以不会

破坏环境的材质来包装，像以铁盒取代塑胶制品，以纸袋取代塑胶袋。但是，绿色包装仍然是包装，想一想，中秋节如果有一千万个礼盒，光是浪费在盒子上的钱就难以计算了。

中秋节快到了，我们想想月饼的改变，就可以知道包装之害。二三十年前，月饼甚至连塑胶袋都不包，而是用油纸，一个月饼的价钱与一个有馅儿的面包相差不多。现在的月饼，里里外外的包装纸，最少的有三四层，最多的有六七层，以至于月饼价格大涨。一个月饼一百元已经很少见，最普通的月饼一个都要两三百元。二十年的时间，使原本同价的月饼和面包，涨成相差三十倍，其中的不合理可想而知。

如果想到一个月饼最重六两，一两要三四十元，而最上等的白米一斤还不到二十元——想到这里就忍不住要学老辈说一句："夭寿哦！这凸肚短命的！"

因此，对于包装，最基础的是绿色包装。根据最近盖洛普民意测验的调查，环保做得好的企业，可获得民众、当局和媒体的支持。一方面可以回馈社会，一方面又可以改善自己的企业形象，还能使民众留下深刻的印象。我们可以说，如果一个企业不走"绿色市场营销"，就赶不上时代，是没有远见的。

然而，绿色包装还是不够的，最好是让包装更朴素、更简单，返璞归真，不要在包装上花费太多金钱。今年的月饼业者，同时推出两种包装的月饼，我们可以称之为"豪华版"和"平装版"，月饼都一样，价钱却不同，希望测试消费者的趋向，这是一个机会，让我们一起行动，表达出我们对朴素简单的愿望。

在这个过度包装的时代，东西的包装问题还不严重，更严重的是人的包装。那些经由包装的偶像明星，有几个是真会唱歌演戏的？那些慷慨激昂的政治人物，有几个是真为人民谋福利的？那些居华厦坐名车的生意人，有几个是真正有良知的？

其实，买月饼、买茶叶和选贤任能道理一样，买"平装版"可能比"精装豪华版"要保险一些，素面相见比粉墨登场更真实一些。

想要弹同调

我每次在静夜里，

听到《秋风夜雨》《思慕的人》《心酸酸》都忍不

住眼湿，

仿佛进入了那个心灵挣扎的年代

自己的前尘往事也涌现了出来。

凤飞飞最近出版了一张唱片，这是她离开台湾之后的第一张闽南语唱片，其中收录的歌曲距今却已经有四五十年的历史，凤飞飞带领我们穿越时空，希望用线把这些歌穿起来，因此，唱片的名称叫《想要弹同调》。

这一张唱片之所以值得聆听，是因为它是从被淹没于时代历史之中的歌谣，重新被发现、重新被找到的，除了人人熟知的《望春风》《淡水暮色》《阮若打开心内的门窗》，其余的都是第一次被演唱，出成唱片的，流过了数十年时代的暗流，其珍贵可以想见。

台湾歌谣的历史，正如它所显现的内容一样，充满了悲情意识。从二十年代开始，许多台湾本土的音乐家，发现唱自己的歌是多么必要，于是开始创作歌曲来唱。但是在日本殖民统治时期，一般人的心情是十分苦闷的，生活也很艰辛，因而早期的台湾歌，词意都悲哀伤感，有一些歌到现在唱起来还会让人落泪，可以说是殖民时代，台湾心灵的缩影。

从二十世纪初期到五十年代，台湾出了许多了不起的音乐家，像邓雨贤、李临秋、许石、周添旺、姚赞福、陈达儒、吕泉生、王昶雄、陈秋霖、杨三郎、洪一峰，他们不只是为时代写下了心声，也超越时代，为艺术留下了巅峰的作品。

特别是在现代社会，一首流行歌曲如果能唱三个月，就已经很难得了。但是我们想一想，那个时代的歌曲像《月夜愁》《白牡丹》《望春风》《秋风夜雨》《河边春梦》《补破网》《孤恋花》《阮若打开心内的门窗》《雨夜花》《卖肉粽》……都流行到现在，并且每一年都有当红的歌手重录唱片，销路甚至胜过偶像歌手。最近的例子是陈淑桦的《淑桦的台湾歌》，听说销路超

129

过三十万张。

从这个观点，我们可以看出台湾早期的歌谣有多么强的生命力。它那优美的旋律、充满感情的歌词，到如今都还感染着我们。我每次在静夜里听到《秋风夜雨》《思慕的人》《心酸酸》等歌，都还忍不住眼湿，就仿佛回到了那个心灵挣扎的年代，而自己的前尘往事也涌现了出来。

但是，近些年来关于台湾歌谣的演唱，都只是重编重唱，并没有做过什么研究工作。凤飞飞这一回唱的《想要弹同调》中，有许多从未发表，是新近再找到的，我们甚至可以当作新歌来看。像邓雨贤作曲、周添旺作词的《想要弹同调》，姚赞福作曲、陈达儒作词的《悲恋的酒杯》，许石作曲、周添旺作词的《风雨夜曲》，依然有着台湾歌优美动听的传统，如夜空中的明星一样闪亮。

根据策划这张唱片的小野指出，他们在寻找这些失落的歌曲，获得音乐家后代子孙授权的过程辛苦备尝。有一次，和小野聊天，他说，找到而尚未发表的台湾歌还有一百多首，那些没有被找到的歌曲不知道有多少。

这使我感到忧心，我们这四十年来对台湾文化艺术的整理实在太欠缺了。以闽南语歌曲的研究来说，当局几乎任何事都没有做过，早些年甚至还和日据时代一样地压抑台湾歌，殊不知台湾歌谣乃是台湾文化最宝贵的资产。

正在写《台湾歌谣史》的庄永明先生告诉我，台湾歌谣的词曲作者大多生活悲惨，最后贫病交加死在自己热爱的土地上。有许多死于七十年代，死后甚至无钱出殡。当时台湾经济已经不错了，但是有谁关怀过他们？

逝者已矣，来者可追，在这个飘摇的年代，我们应该有更恳切的心来面对本土的文化、本土的歌，甚至面对我们的乡愁。就从最容易的做起吧！我觉得"文建会"应该支助《台湾歌谣史》的出版，并帮忙发表那些未发表的台湾歌谣，为已逝的台湾音乐家招魂，让他们得到应得的肯定和荣耀。

或者，在"总统府"介寿堂的音乐会来一场台湾歌谣演唱会吧！这样，对台湾文化工作者一定有鼓舞作用，也让音乐家的后代子孙得到安慰。

今日的台湾社会，不论政治、经济、社会，甚至连征土地税都是一人一把号，各吹各的调，大家如果在文化上"想要弹同调"，可能气氛会和谐一些。吴伯雄、王建煊不也都爱唱歌吗？生命不能没有歌曲，民族不能没有自己的歌谣，让我们来爱台湾歌、唱台湾歌，给台湾歌一个应有的位置。

自然就是美

如果没有好的规划、设计，

我们宁可不要有什么人为的雕像、碑石。

连做美容的都知道"自然就是美"，

难道文化官员不知道吗？

　　"行政院文建会"推动建设"大屯山自然石雕公园"，首先遭到"阳明山国家公园"解说员的反对，接着遭到舆论的反弹，逼使"文建会"不得不放弃这个石雕公园的开建。这个案子到目前似乎已经告一段落，识者也为"阳明山国家公园"又逃过一劫而感到安慰。

　　但是，这个案子牵扯广泛，问题不只是一个石雕公园，它还牵涉到一个传统观念的问题。如果问题不能厘清，雕像的问题将永远无法解决，发生在"阳明山国家公园"的事也会发生在其他或大或小的公园。

我想到就在不久之前，苏联解体，在各共和国广场耸立的列宁、斯大林的雕像，几乎全被铲倒丢弃，可见石雕或铜雕并不是什么永恒的象征，以政治之力所保有的石雕的尊崇，一旦政局改变，往往被弃之如敝屣，这在全世界都是不变之理。

因此，以政府之力所筹建的雕像工程，实不免启人疑窦，其中特别难以洗清的是政治目的，其次是经济效益，其三是文化动机，其四是艺术品质。

以政治目的而言，政府所建立的雕像、石碑之类，历史上都是为表功而建，从前不受监督、不受批评的时代已经过去，现在的一切都是可受公评之事，有时即使不是为政治目的而建，也会成为遭人批评的口实。近些年来，民进党为吴凤雕像，乃至全省的蒋中正数千座雕像成为攻击焦点，深得大众的共鸣，可见有政治目的的雕像，实在是政府背离潮流的负担。

以经济效益来看，"大屯自然石雕公园"的预算高达两亿四百万台币，金额不可谓不高。在建设方殷、财政困难的今天，把这么大一笔钱投在民意不能赞同的地方，实在是没有什么效益可言的。我有一位朋友甚至激动地说："把这两亿四百万拿来做全省公厕的清洁费，让公厕干净一点，也比这有文化呀！"何况这两亿四百万投到天然的公园里，还可能破坏自然的景观哩！

以文化动机来看，文化发展虽十分急迫，但文化不离人民的生活，不能不考虑民意而发展文化。特别是如今的人民素质之高不会逊于当局官员，甚至也不亚于专家，文化发展因而要因势利导，不能由上而下地指导。或者我们可以说，政治可以强势、经济可以强势，文化却需要柔势、是体贴、是顺应。前不久有一个例子，由"文化总会长"李登辉领衔的《活水》杂志，一开始声势多么强盛，但才短短的时间，还有谁在看？赠品都没有人要看的杂志，在文化上又有能什么影响力呢？

以艺术品质来看，并不是所有的公园都不能有石雕，日本的"雕刻之森公园"就是举世闻名的，在台湾的南投埔里，有一座"牛耳石雕公园"也很美，并未破坏原有景观。前者是因为有财团支持、专家规划，后者是林渊老人的草根性，本就是与自然合一的。

民间舆论之所以对"大屯自然石雕公园"深有疑虑，乃是从前当局不管建什么雕像，在艺术品质上并未重视，以全省数千座蒋中正的雕像为例，有几个是合乎艺术标准的呢？以在各地公园的雕像来看，有几个是不破坏公园的呢？

法国政府不久前，邀请华裔建筑师贝聿铭要在卢浮宫盖玻璃金字塔时，也曾受舆论质疑，最后由于对文化部的信心，才顺利完成。我们主管文化的部门也应该优先考虑艺术品质的建立，宁可不做，也不做那些没有品质的东西，否则，只是给当局带来负面的评价罢了。

如今，我们欣见"文建会"从善如流，暂停"大屯山自然石雕公园"的筹建，但是也希望全省有石雕的的"县市政府"从政治、经济、文化、艺术的观点来重估辖内的雕像，如果实在太差的，就把它毁了吧！种一棵树也好得多。那些正想用雕像或石碑，或牌楼来显示功业的官员，也能深思，如果没有好的规划、设计，我们宁可人为的雕像、碑石都不要有。

连卖化妆品的、做美容的、做整形的美容师都知道"自然就是美"，难道主管文化艺术的官员不知道吗？

量贩与质贩

小自一位卖荔枝的,

中至一个卖特权的,

大到一个卖国的,

下民易虐,

上天难欺,

难道没有一个因缘果报的观念吗?

去年的这个时候,市场里同一个摊位的荔枝,一斤卖十五元了,现在竟还卖六十元,而且一点儿也没有会落价的样子。

报纸上近日来喧腾的物价波动、昂贵,应该是没有错的,想想单是荔枝就涨了三倍。小贩说是今年的荔枝减产。

"原因呢？"

"因为南部豪雨成灾。"他说。

"豪雨是这两天的事，你几天来都卖这个价。"

"哎呀！今年荔枝花开得少，跟你说你也不懂。"小贩说。

"怎么会不懂呢？我老家就是种荔枝的呀！"我极认真地说。

小贩才闭嘴脸红不说了。

我想到几天前才从南部上来，妈妈告诉我，市场里的荔枝一斤才二十元，最贵的二十五元，"那已是极好极好的细籽荔枝了。"

这可奇怪了，荔枝明明没有减产，也没有天灾，一定是有人在哄抬，产销的环节中间必然有问题。

但也不是台北的水果样样都贵，像进口的油桃、加州李子，就比南部便宜得多，差价最大的是樱桃。妈妈说在南部的市场，樱桃卖到一斤一百五十元，她看了稀罕，买几个给孙子吃，她说："那么贵，不是买给囝仔，自己是不甘吃哦！"

我看看母亲拿出来的樱桃，说："像这款的樱桃，台北一斤卖六十元，上好的一斤卖九十元。"

"夭寿哦！差那么多？"

我知道樱桃的价钱，是因为只要是去看长辈，我总会买几斤送去，因为在日据时代生活过的老人，他们对樱花、樱桃都有特别的感情，但樱桃太贵了，他们总不舍得买。

一斤樱桃可以差一倍的价钱，这是怎么算运费成本，也不可能有的差距。台北到高雄也不是相距十万八千里，不论空运陆运，都是一日即到，物价不可能有如此大的差价，唯一合理的解释，是其中有一些看不见的黑手——这些黑手即使是合法的，也是不合理的、不合乎公义的。

就像台北信义计划区的大厦，一坪卖到五六十万，那当然是合法的，可是不合理、不合乎公义。

就像"国泰人寿"在南京东路华航边的土地，变更用途，"市政府"和国泰都强调一切合法，不明白为什么会引起"国会"、舆论、全民的反弹。是呀，即使一切都合法，也不合理、不合乎公义！

合法是一种基础，合情、合理、合乎公义则是一种品质。

社会上大家都做着合法的事，例如一斤荔枝从二十元到六十元，樱桃从六十元到一百五十元，那全是合法的。房价从一坪六万涨到一坪六十万，那也是合法的。但是在情理和公义上都说不过去，那显示一个社会没有好的品质。

就像一个人守法，那是人的本分——大部分人不都是这样吗？可是人如果要有好的品质，就必须重情、讲理、不违公义；社会若想要有好的品质，这样的人就要多一些。

　　我们的社会，近几年流行"量贩店"，从服装、皮鞋、电器到百货，满街都在"量贩"。理论上说，"量贩"多，物品应该便宜，可是物价不跌反涨，"量贩"只是商人的噱头罢了。

　　我们更需要的不是"量贩"，而是"质贩"。"质贩"的意思是有品质的经营者、有品质的产销制度，以及有品质的消费者不只讲便宜，也讲良知、讲情理、讲公义的商业体系。因为我们的服饰、皮鞋、电器都已经够用了，不需要"量贩"，我们更需要的是品质。

　　要有好品质的商业与消费，商人就要本着良知，不能尽搞利益输送、官商勾结这一套，因为人生苦短、殷鉴不远，弄得国不泰、民不安，财富焉能长久？福报岂可久享？

　　小自一位卖荔枝的人，中至一个卖特权的人，大到一个卖国的人，除了法律，还有良知。"下民易虐，上天难欺"，难道这些人都没有一点因缘果报的观念吗？

　　即使因缘果报不可知，做出一点有品质的事来不也很好吗？除了卖商品、卖人寿、卖荔枝，卖点品质，不也很好吗？

一元化的教育

教育若不改革，

两极化将更严重，

制造出更多生命痛苦、

价值空虚的国民！

到高雄市文化中心演讲，据文化中心的牛主任告知，前一天"教育部长"毛高文也应邀到该中心演讲，盛况空前，不仅使至善厅为之爆满，甚至有许多人无法进入。

来听毛"部长"演讲的人，从学校的校长到十三四岁的"国中"生，从忧心忡忡的家长到充满无力感的中学老师。牛主任说："可见我们这个社会，关心教育的人还不少呀！"

毛高文"部长"不久前才被"挫败的'国中'生自愿就学方案"搞得满头包，再加上他平时公务繁忙，很少有机会公开演讲，因此这次为时两小时的演讲，可以视为毛"部长"教育理念的一次表白，值得关心教育的人注意。

毛高文"部长"在这次演讲的理念，大致可以分为几个重点：

一是教育体制应趋向多元化。

僵化的教育体系，无法应对多元化的社会需求，加上升学压力造成的教学偏差，致使"国中"学生被分成等级，形成人的两极化，成为社会不安定的原因。因此，他不赞成在国民教育时期就把人定型，应顺应个人的性向，让他们自己选择方向，在人生的任何阶段念书都可以。

二是联招制度必须缩小。

毛"部长"反对一元化的联招选才制度，因为这将形成一元化的教学、一元化的参考书、一元化的补习班、应付一元化的考试。整个社会都以学科成绩来衡量人的能力，这是很不公平的。联招制度必须缩小，另辟多方向的进修管道。

三是"国民中学"的编班必须正常化。

"国民中学"不能按常态编班，"国中生"就被分成两类：一类是"考试机器"，每天读书到深夜一两点，日子很不好过，

141

觉得人生没有意义；另一类是"放牛班"，形同被放弃，没有人关心他们。毛"部长"强调，"国民中学"的编班一定要常态，教学一定要正常，因为国民教育的目的在于培养具有健全人格的国民，不是只照顾百分之三十的精英，忽略百分之七十的学生。

毛高文"部长"提出来的教育理念，可以说是人人知之的教育弊病，从"部长"的口里说出，使人多少感到安慰，主管教育的"大家长"并未与社会脱节。

问题的症结是，为什么大部分的民众和主掌教育的官员都知道这些毛病，每次教育要往更有弹性、更有活力的方向革新时，总会遭遇到挫败呢？我们希望教育多元化，在僵化的社会中，真的不能开展吗？我们的联招制度真的要继续考下去，百年都不改变吗？我们的"国中生"真的不能按常态分班，家长、孩子、老师要继续承受无尽的痛苦吗？

其实，答案都可以是否定的。我们可以改变联招制度，我们可常态编班，当然也可以有更多元的教育。我不相信，这样一改变，我们就无法举才、无法发展了。何不一起来试试看呢？闽南话中有一句智慧之言："惊惊，不会得等。"意思是，一件事未做之前就怕在前头，那是不可能有好成绩的。

近几年，自毛"部长"上任以来，曾有多次推动教育改革的动作，可惜都是尚未付诸实施，就被惊惶的家长、老师群起反对，以致从"国中"、高中、联招到大学，教育依然在原地踏步。事实上，教育已经败坏到如今的样子，就是改一改，又会坏到什么地步呢？

毛"部长"希望在五年后，能废除高中与大学的联考，想来成功的机会也是渺茫的。

日前，台北区公立高中联招命题人员入闱，毛"部长"特地到木栅考试院闱场，请求命题人员，命题要注重课本的基本理论、基础观念，而不是枝枝节节的知识，以引导学校的老师，配合做好长期的教学制度改革。毛"部长"语重心长，对教育的长远考虑是令人感佩的。

但愿，关心百年大计的人，都能做好教育改革的心理准备，并支持毛高文"部长"提倡的更开放、更多元的教育理念。因为依目前的教育方式，若不改革，廿年之后，中国台湾将没有秀异的人才在国际舞台上与人比肩。两极化严重，必然会给社会带来巨大的不安，从而制造出更多生命痛苦、价值空虚的国民！

十一点在街上行走

以前的记者常用的一句话：

"我们这个安和乐利的社会"，

现在读起来就像笑话一样。

盖洛普征信公司前几天公布了一个民意调查，显示有
63.3％的民众认为社会愈来愈乱，乱到大部分人在夜里十一点
以后不敢独自上街。

十一点以后不敢独自上街的城市，以前我们印象中大概
不离纽约、芝加哥、罗马、阿姆斯特丹这些以治安奇差而闻名
的城市，现在连台北也要算在内了，短短十年来台北治安的恶
化，真是难以想象。

有一次，和一些报社的老记者在一起聊天，谈到我们十五年前当记者的情景，特别是谈到社会新闻。十五年前只要一发生什么重大案件，在报纸上可以追踪许多天，如果是灭门案或分尸案，有时可以连写一个月的边栏，那是因为这种事件实在太稀有了。像现在一天里有时十几个重大刑案，能挤进三栏高的角落，登一天已经很难了。从这里可以看出社会变迁之巨大。

一位老记者说起，他二十年前跑过一条新闻，是一个青年跑到商店偷了一箱奶粉，不幸被捉到了。警方通知家长到警局，家长到了警局把儿子痛责一顿。青年当场痛哭流涕向父亲忏悔，向商店老板道歉。他把这条新闻写了交出去，第二天竟是报上的头条新闻。

他说："现在不同了，偷一箱奶粉怎么可能上报呢？"

我说："上不上报倒是其次的问题，更可怕的是，现在的青年歹徒如果去商店偷东西，老板敢去逮捕吗？不幸被警察捉到了，他会向父亲忏悔吗？他还会有羞耻之念吗？现代的家长如果到警局，会责骂自己的孩子吗？说不定先骂的是警察。"

"新闻最能反映社会，从前一件小事也可以做大新闻。而当时的报纸只有三张，现在的报纸十几张，大事变小新闻登上去都很难，可见社会治安的变化之大呀！"朋友说。

我们随便想想大概有一些原因：一是政治暴力和街头暴力没有受到适当的制裁；二是政治不清明，贿赂、特权、贪污的传闻，以及出尔反尔的政策，使人民对政治失望；三是金钱游戏盛行，贫富差距拉大，财团没有回馈社会之心，努力工作也没有出路，使人们对经济绝望，（例如一生买不起三十坪的房子）遂铤而走险；四是欲望与贪渎的社会风气和在地下猖獗的声色行业；五是教育制度在伦理道德教育上的失败，人们生活缺乏文化……

几位老记者七嘴八舌就想到了一大堆原因，非常可悲的是，这些原因几乎都是难以解决的，特别是牵涉到政治、经济、文化、教育这些无能为力的事。

不过，难以解决不是不能解决，最主要的认识是，如果一个社会在夜里十一点以后，一般人不敢出外行走，那么政治、经济的成功都是短暂的，容易因社会不安而瓦解，因为人民安和的生活乃是政治清明的象征和经济繁荣的基础。

社会的治安不能光靠警察抓强盗，其理至明，因此以后的治安会报，何不更深入地思维其他的因素呢？

盖洛普民意测验还有几个与社会治安有关的问题：

"过去三年来，台湾犯罪问题如何？"——74.9%的人认为愈来愈严重。

"过去三年来，台湾民众的社会道德如何？"——70.5％的人表示愈来愈差。

日益严重的犯罪、日益低落的道德正在腐蚀台湾的根，这个调查只是一个警报，实际的严重性还要大得多。大家是不是应该少图谋一点私利，多为社会来做点什么？

我想到十几年前记者常用的一句话："我们这个安和乐利的社会"，已经有很多年没有在媒体出现，因为这一句话现在读起来就像笑话一样。

茶叶的公平交易

即使是天下最好的茶叶，

也应该以一斤一千六百元为极限，

茶叶超过一千六百元，

就是不合理的哄抬。

　　由于我喜欢喝茶，时常有朋友送我茶叶，慢慢地，我知道在全省各地几乎都有茶区了，除了南投鹿谷的冻顶乌龙茶和北部的文山包种之外，木栅的铁观音，新竹的白毫乌龙，阿里山、梅山、玉山的高山茶，六龟的野生茶，台东的鹤岗和金针山也有很好的红茶和乌龙，甚至远到屏东恒春的港口茶……

　　这些各有特色的茶区，最严重的问题是价格混乱，都有偏高的现象。质量稍好的茶叶，每斤都在两三千元以上，如果是比赛得奖的茶叶，没有五六千元是买不到的。由于茶商的哄抬，好茶虽然价昂，却时常供不应求，一斤茶卖到万元以上时有所闻。

茶价不合理久已存在，它带来了一些不合理的情况。

例如一般消费者在市面上根本不可能买到好茶，因为好茶都被茶商垄断了，在市场上流通的都是次级茶；甚至在大的茶行或产地农会买茶，也难以买到好茶。

例如同样的茶，在茶区和茶行购买的价格差可能在十倍以上。

例如少数冠军茶，由于竞争激烈，被竞相仿冒，造成许多不实的情形。

例如著名的茶区供不应求，只好以别的茶叶来混充，因此在冻顶茶区买的可能不是冻顶茶，在港口茶区买的可能也不是港口茶。

喜欢喝茶的人都知道茶价甚不合理，但也无法可想，只有在春、冬两季自己开车到茶区买茶，挨家挨户到农家去试茶，才能买到自己喜欢的、价格合理的茶叶。

最近，"省农林厅"着手建立茶叶交易市场，希望逐步建立茶叶产销制度，将茶叶按质量分级，使消费者可以得到公平的消费，生产者得到公平的生产利益。

建立交易市场，使茶叶公平交易，一开始就受到茶农的反对，原因是既得利益者担心，如果茶价公平化，茶叶必从高价位成为一般商品，从前那种漫天叫价的情形就难以存在了。但是，我们看到国际上的茶叶交易都有公开的市场，像英国伦敦的红茶交易市场、日本的茶叶交易市场，都使得英国茶和日本茶拥有国际市场，而我们以现有的茶叶交易现况，要开展市场很困难，更不要说是国际市场了。

当然，茶叶交易市场并不是万灵丹，有一些茶农和茶商的意见并非没有道理。

例如一旦茶叶交易市场设立，必须投入大量的资金、人员、设备，这些经费要靠抽取服务费赚回来是很艰难的，长期看来，究竟要由谁来负担呢？

例如有的茶商担心，喝茶毕竟是艺术，交易制度公开化之后，可能会降低喝茶人的品位。

例如一旦有了交易市场，高级茶区的茶农因为有自己买卖的管道而不愿意进场，低级茶区的茶农进场意愿虽高，却可能使茶叶卖不出去，或甚至使茶叶交易中心成为中低级茶叶的流通之所。

不过，这些都只是技术问题，应该是可以解决的。从长远来看，现在全省既然有这么多茶区，品茶的人口日益增加，为了使茶叶市场有更好的将来，建立茶叶的公平交易市场是有急切需要的。

我曾经问过一个高级茶区的茶农，是关于最合理的茶价的。他说，即使是天下最好的茶叶，也应该以一斤一千六百元为极限，茶叶超过一千六百元，就是不合理的哄抬。

我们想一想，英国和日本的茶也从未有过一斤数千元的价钱。台湾茶的竞争者们，大陆还有广大的茶区，一斤数千元的台湾茶若没有公平交易，将来如何能和一斤百元的、质量日渐提升的大陆茶竞争呢？

在一个日渐讲求市场的公开、公平的时代，我们的茶区、茶农、消费者都应该放开心胸来期待茶叶交易市场的诞生。

高阳身后事

高阳无疑是成就最大的历史小说家，

他的小说必会流传后世，

我们应有更敬谨的态度来处理他生前的作品。

一代历史小说家高阳过世了，这是自三毛自杀后，中国文坛的一大损失，因为文学的发展或提倡，不在出版社、不在书店、不在政府的政策，而在作家。特别是偶像级或大师级的作家一旦殒落，不知道何年何月才能再诞生有相同光芒的作家。

我和高阳先生并不相熟，但过去因报社编务的关系，也有多次与大师畅饮论事的机缘。有一次印象格外深刻，那是和高阳及古龙、卧龙生、诸葛青云、独孤红等武侠名家一起饮酒，其中以高阳和古龙喝酒最为勇猛。古龙本是性格豪放恣意的人，那样子饮酒并不奇怪，高阳给人的印象是沉默抑郁，竟会拼命豪饮，实是大出意料之外。

高阳的才情是没有话说的，他能同时经营几部长篇小说，而截稿时间总是迫在眉睫，他往往是在截稿的最后一刻才把稿子完成，如是者十数年，偶尔有"高阳续稿未到，连载暂停一天"，那大概是他已醉到不省人事了。

我时常会想，以高阳的才情，如果他能少写一点，每次经营一个长篇，一定可以写出更雄浑细腻的作品。但是据说他不善理财，出手大方，即使连载几个长篇，也时常向报馆预支稿费。每有新书出版，他等不及慢慢领版税，时常一笔钱就卖断了。对于钱老是不够用的作家，或对于时常被追索稿债的作家，要写少一点是不可能的。

我也时常想，以高阳写作的速度来看，如果他少花一点时间酬酢饮酒，即使同时经营数部长篇也绰绰有余，可以部部都是精品。

非常可惜的是，高阳的后半生从未与酒绝缘，即使大病一场出院，他依然饮酒如故。我觉得饮酒一事，对高阳的作品是有大伤害的，因为高阳写的是小说，不像李白写诗，小说重叙述、铺陈，需要高度的清醒和理性。

所以，平心而论，高阳的作品普遍有两个缺点：一是水准不一，不能每一部小说都有相同的水准；一是情节琐碎，不能一气呵成。作为高阳小说的读者，我提出这两个观点，实在是肺腑之言。这是大部分连载小说难以避免的缺失，以高阳之才本来可以免俗，竟也难以免俗，令人感叹。

更令人感叹的是，高阳的作品数量十分庞大，市场上也极畅销，应该有很好的收入才对，可是身后却是身无长物、两袖清风，要靠出版社捐出一百套全集来筹女儿的教育费。人人都说高阳不擅理财，一掷千金，但是那些赚了钱的出版社，难道不该伸出更大的援手吗？作家卖断版权，依合约办事也许无可厚非，但是适时伸出援手才更合乎道义。

因此我觉得只捐出一百套做成全集义卖是不够的，如果反映好，何不长期大量地销售全集，把利润的一部分拿出来济助遗孤呢？

另外，高阳除了全集中的小说，在文史、考证、古诗都有极丰富的著作。又曾在报社担任主笔及总主笔之职，议论政事，有许多动人的作品。据楚崧秋先生说，高阳写的社论还得过"嘉新新闻奖"的"评论奖"，可见他的社论也写得很好。这些都应该是全集的内容，长期出版高阳著作的出版社，何不花点心血来重整高阳的这些作品呢？

　　总的来说，高阳无疑是成就最大的历史小说家，他的历史小说有一些必然会流传后世。我们应该用更敬谨的态度来处理他生前的作品，才不埋没他后半生对历史小说创作的专情。

　　思及大师级的作家一位一位凋零，心中感慨，不禁叹息！

更忠于原味

只要你的餐馆真的是第一流的，

吃客自然蜂拥而至，

如果菜烧得不好，

就是到街上拉客，

也不会有人上门。

有年轻人来问我："林先生，怎么样才能写一本畅销书？"

这个问题使我呆了半晌，我说："如果我知道怎么写畅销书，早在二十年前我就是畅销书作家了。"

年轻人听了，并没有退却，反而咄咄逼人地说："可是这几年来，你的书几乎是本本畅销，里面一定是有一些秘诀的吧？

例如掌握阅读的趋势，或者是写畅销书的方法。"

我告诉这位迷茫的青年，如果有一个人开了一家餐馆，要
使餐厅成功有很多变数，但是首先，最基本的东西一定要做
好，例如选择新鲜的东西做素材，吃了不会中毒，而且有益健
康。其次，确定餐厅的口味，例如卖川菜与广东菜、台湾菜就
是很不相同的，最好的餐厅当然是独沽一味，别具特色，如果
做得和别家相似，就要在口味上胜过别人。最后要懂得配菜，
时时创新，要有第一流的大师傅。

"只要你的餐馆真的是第一流的，吃客们自然口碑载道、
蜂拥而至；反过来说，如果菜烧得不好，就是到街上拉客，也
不会有人上门的。"我说。

年轻人听了一头雾水就告辞了。

确实，对作家和出版社来说，读者是不可测度的，就像对
餐厅来说，吃客是不可预知的一样。读者与吃客都是一般的消费
者，消费者如果可以预知，这个世界上就没有失败的商人了。

读者既是消费者的一环，其消费行为虽无法准确测度，但
趋势还是可以评析的，我想这个时代的消费者大概不脱离几个
特性：

一是相信品牌。有品牌的作家比新作家容易被接受，有品
牌的出版社比新出版社接受度高，当然最好是有品牌的作家加

有品牌的出版社。

二是相信口碑。畅销书排行榜是现代的口碑。其次，广告、书评、书介也略有影响，但影响不大。

三是相信实用。实用的书比文学类、思想类的书有前景，即使是文学类、思想类，甚至宗教的书也需求其实用性，因为大家的时间太少了。

四是返璞归真。社会愈多元化，环境愈复杂，读者愈希望读自然健康的书，在可预见的将来，色情、暴力、鬼怪的书会失去市场，因为到处都看得到，不必在书里读这些。

五是忠于原味。读者将会更重视书籍传达的讯息，重视内容超过重视形式。例如在书上登作者的裸照、影歌星写的书、强调作家的美艳或英俊而没有内容的书，必然会被淘汰。

至于一般人所说的"轻、薄、短、小"，我觉得这不是一种趋势。从近年来出版的无以数计的轻薄短小的书，大部分都卖不出去，可以看到读者喜欢好看的书，不在乎是轻薄还是厚重、是长大还是短小。我们可以看到金庸和高阳的小说，每一部动辄数十万字，全是厚重长大的作品，不都是历久不衰吗？像锦绣、远流出版社动辄出版数十册的套书，不也很畅销吗？

站在作家的立场，本来我是不应该分析市场的，但是我们可以这样说，一本书畅销的原因有很多，而一本书如果没有人看，原因则是很相像的。

不能销售的书，撇开发行、广告的因素不谈，大概都具有如下的特色：过于深奥难解或过于浅薄无知；形式胜过内容；在同性质的书中品质较差；文字不通或思想不通；老生常谈、了无新意；欠缺时代感；过于个人化，与读者没有共通的经验。

我们当然不能说卖不出去的都是烂书，但是其中有很多的烂书则是事实。

依据我多年的经验，读者虽不可测度，却十分敏感，假如一个作家写书时没有尊重与诚恳的态度，一个出版家没有尽力求好的精神，读者很快就会觉知，并弃之如敝屣。

现代的人，吃饭讲究口味的已逐渐被讲究健康的取代。读书也是一样，在书中找刺激、乐趣的人仍然有，但是想要在书中获益，过自然、健康、没有负担的阅读生活，也将成为社会的趋势。

因此，更有思想、更为有用的读物，以及更有社会责任、更重视人本精神的出版家，应该会成为出版业的主流。

不可买卖

这真是人生中最吊诡的困局，

凡是最有价值的东西，

都不是可以买卖的。

从前，有一位乡下的朋友来台北，我带他去游博物馆，他每看见一件宝物，总要问："这一件多少钱？"

四周参观的人听到这句话如同受了电击，都回头看我们。

我不好意思地说："这里的东西不卖的。"

他听了，白眼一翻："哪有这样的！如果没有价钱，也不买卖，我们怎么知道它的价值？"

一个一直活在商业社会、从来没受过文化洗礼的人，以

"物物有价"的观点来看事物，是情有可原的。可是要怎么让这种人了解，有一些东西是没有价钱，也不能买卖的呢？这使我感到苦恼。

正苦恼的时候，一个成语闪过我的脑海。我对他说："这都是无价之宝呀！根本没有定价，也不能买卖的。"

乡下朋友喃喃有声："原来是无价之宝呀！怪不得个个都这么好看。"

后来，我带他去逛百货公司。这下他可乐了，因为根本不用问价钱，只要把东西拿起来就可以看清定价。

"哇！你们台北的东西实在够贵！"他忍不住感慨。

"贵虽然贵，但东西都有定价，我们只选择需要的来买，也没有什么好怕的。那些贵得离谱的东西自然有人会买，我们不必操心。"我说。

"是呀！是呀！咱们下港人讲'憨价钱卖给憨人'，就是这个道理。"

乡下朋友在台北住了几天，使我紧张了几天，因为乡下人口无遮拦，嗓门又大。例如看到服饰店的价格牌，他会说："夭寿哦，这是要卖给鬼穿的吗？鬼也穿不起这么贵的！"例如看到饭店的账单，他会说："凸肚短命哦！贵喷喷，不惊人吃得肚子痛。"例如坐计程车，每跳一次表，他就紧张地问："这表怎么跳这么快，是不是做了手脚？"

我好不容易才把乡下朋友送走，这几年每次遇到价钱的问题就会想起他来。确实，我们这个社会之所以会质量不良，是因为不知道世上有许多事物是"无价之宝"，是无法买卖的。

博物馆的国宝虽不能买卖，但真正财大气粗的收藏家，如果有钱，还是可以通过许多渠道买到顶极的古董和艺术品。严格地说，博物馆的东西不能买卖，但还是有价的。

真正的无价之宝，是不能用价钱评估的。

例如爱情，我们可以买到伊丽莎白女王的钻石来送给思慕的人，但买不到一千克的爱情。

例如友谊，我们可以把江山划一半送给朋友，甚至养士三千，但买不到一两真诚的友情。

例如公理，我们可以花钱买到宋朝的秤、明代的秤锤，但买不到一钱的公理。

例如良知、伦理、道德、人格、思想、智慧、悲悯、觉悟……都是一丝一毫也不能买到的。甚至，我们即使倾家荡产，也不能买到时间、健康、平安、长寿！

古代的人说五福临门——福、寿、康宁、好德、善终，至少这五福就没有一样是金钱可以买到的。

这真是人生中最吊诡的困局，凡是最有价值的东西，都不是可以买卖的；乃至一些看来无甚价值之物，也不可买卖。我听说有一个人以黄金做马桶，桶子上镶满美钞，而他却每天便秘，欲买畅通而不可得。

一旦东西有了价钱，可以买卖，它的价值也就立刻失去光彩，变得不过尔尔。

最近被热衷讨论着的贿选问题，也可以从这个角度来思考：

我们买卖选票，就是买卖自己的幸福。

我们买卖选票，就是买卖子孙的环境。

我们买卖选票，就是买卖国家的前途。

我们买卖选票，就是买卖社会的未来。

……

如果，我们使选票不可买卖，不要买卖，虽然只是小小的一张，但它立刻就会成为无价之宝！